光文社文庫

文庫書下ろし／長編時代小説

流《る》々《る》浪《ろう》々《ろう》

風と龍 II

中谷航太郎

この作品は光文社文庫のために書下ろされました。

流《る》々《る》浪《ろう》々《ろう》

第一章

低い雲が垂れ込めている。

月も星もない夜空を映した不忍池《しのばずいけ》は、冥《くら》い地の底に不気味な姿を晒《さら》していた。吹く風もない。

水面は鏡のように鎮《しず》まり、池に沿う小道に点々と並ぶ雑木の木立《こだち》も、葉をそよりとさせることもない。

寛永寺《かんえいじ》の鐘楼《しょうろう》が、夜四つ（午後十時）の音を告げてからも久しかった。町木戸《まちきど》はすでに閉じられ、人の動きは絶えていた。

夜更けの池畔《ちはん》をうろつくのは、野良犬の群のみで、闇に蠢《うごめ》くその姿は、むしろ狐狸妖怪《こりようかい》の類《たぐい》を思わせた。およそ人などいようはずもなかったが、

「ちっ！」

舌打ちとともに、髪の毛を垂らしたような柳の下から路上に現れた者がいる。男、腰に大小、着流し……。浪人らしきその男は、

「今夜は駄目か……」

呟くや、南へ向けて歩を踏みだした。それまで地面を嗅ぎ廻っていた野良犬どもが、いっせいに耳を尖《とが》らせた。

物音を頼りに闇を窺《うかが》い、男の姿を認めると、足音をさせずに忍び寄った。男という点に向かい、十数匹が網を狭めるように接近する。

地を嘗《な》めるような姿勢に害意がある。野良犬どもは、しばらく食い物にありつけず、気を荒立たせていた。

男は身に迫った危険を察するでもなく、自ら野良犬の群へ近づいていく。両者の距離が、あとわずかになったそのとき、なぜか野良犬どもが、ぴたりと足並みを揃えて立ち止まり、耳から先に、後方へ向き直った。

男も歩みを止めていた。すばやく身を転ずると、立ち木の陰に身を潜ませた。野良犬に気づいたからではない。ひたひたという足音が静寂《せいじゃく》を破っていた。

ややあって灯《あか》りが見えた。

羽織《はおり》、袴《はかま》を纏《まと》った壮年の武士がふたり、親しげに肩を寄せあい、提灯《ちょうちん》の丸い灯りを踏んでいる。供はなく、身形《みなり》からしても、下級の武士と思われた。

おそらく、ふたりの住まいが不忍池の北側にあり、上野《うえの》あたりで一杯引っ掛けての帰り道であろう。往来を遠回りするより、近道となる池畔を選んだものらしい。

ふいに、武士のひとりが、手にした提灯を前へ突き出した。闇に野良犬が目を光らせ、低い唸《うな》りを発したが、

「おや、今夜は数が多いな」

武家にさして動じた風はない。

「源左《げんざ》、どうだ、あいつらをからかってやろうか」

もうひとりの武士が弾《はず》んだ声をあげた。

「くくっ、面白そうだな、勘兵衛《かんべえ》」

名前で呼び合ったふたりは、顔を見合わせてほくそ笑んだ。子供の頃から一緒に悪戯《いたずら》を重ねてきたのだろう、ふたりの息はぴたりと合っている。

源左が手にしていた提灯をさらに高く掲《かか》げた。丸い光の輪が、さらに大きく拡がった。

「棒でも転がってないか」

きょろきょろと勘兵衛があたりを見廻したが、手頃なものが見つからず、

「どうせ、誰もおるまい」

と腰の大刀を抜き放った。

「おや、伝家の宝刀で試し斬りにござるか」

源左がからかうと、

「刃を犬の血で汚すわけにはいかぬ。威《おど》すだけだ」

勘兵衛がにたりと笑って、大刀を八双《はっそう》に構えた。酔っていても、その構えには隙《すき》がない。それなりの腕前とおぼしかった。

「わしも、まだまだ腕は衰《おとろ》えておらぬぞ」

源左も提灯を持ち替え、脇差《わきざし》を抜いた。

「いざ」

「おうっ」

声を掛け合ったふたりが、野良犬の群へ向かって駆けだそうとしたそのときだった。

木立の蔭に潜んでいた例の男が、ふらりとふたりの前に現れた。大刀の柄《つか》に、手を置いている。

「あっ」

勘兵衛が小さく叫んで固まった。

「おっ」

源左も声を引き攣《つ》らせた。

「すまぬ、人がいるとは思わなんだ」

慌てて、勘兵衛が大刀を鞘《さや》に戻そうとし、

「とんだところをお目にかけてしまったが、なに、犬を追い払おうとしただけだ」

源左も脇差を納めようとした。

男は無言で、大刀をすらりと抜き、ふたりに歩み寄った。

「誤解だ、刀を納められよ」

勘兵衛が鋭く浪人を制したが、返ってきたのは、

「問答無用」

だった。それも、ひどく醒《さ》めた声。

「待て、待たぬか」

言いつつ、勘兵衛が大刀を構え直した。男の行為が、誤解によるものではないと、さすがに察した。源左が左、勘兵衛が右、ふたりは並んで立った。

源左が、近づく男を油断なく窺い、提灯をそろそろと地面に下げる。提灯が地面と接した刹那《せつな》、

「やっ！」

気合を発した男が、跳ぶように駆けだした。一瞬で間合いを越えると、脇差を構えた源左のすぐ左脇を風のように走り抜けた。

「うっ」

痛みに顔を歪めた源左が、己が左腕を見て目を剝《む》いた。

左腕が無かった。

肘の上で切り落とされ、足元に転がっていた。腕の筋はぴくぴくと痙攣《けいれん》し、指はなにかを摑《つか》もうとするかのように、まだ動いていた。

源左の瞳が、くるりとひっくり返った。かくんと膝を折り、その場に崩れた。

「源左っ、源左っ」

勘兵衛が悲痛な叫びをあげた。が、すぐに向き直り、

「貴様っ！　許さん」

源左を跨《また》いで、男の前に立ちはだかった。深手を負わされた友が気になるが、まずは目の前の敵を倒さねばならない。勘兵衛はそれだけの冷静さを、かろうじて保《たも》っていた。

男は能面のごとき無表情だった。口元だけを緩《ゆる》め、薄い唇に舌の先を這《は》わせている。

勘兵衛は静かに息を吸いながら、大刀の切先《きつさき》を地面すれすれに落とした。

吸気から呼気に移ると同時に動いた。すすっと摺《す》り足で進み、大上段《だいじょうだん》に振りかぶった男へにじり寄る。

互いにあと一歩となった。

男が、先にその一歩を踏み出した。少なくとも勘兵衛からはそう見えたが、違った。その一歩は、前へ出る一歩ではなかった。

男は爪先で掬《すく》った土を、勘兵衛に振りかけていた。

思わず瞼《まぶた》を閉じた勘兵衛に、男が刃を振り降ろした。

気配を読んだ勘兵衛が下から斬り合わせたが、その刃は虚《むな》しく空《くう》を斬った。

がつっ、と硬い音がした。勘兵衛は額《ひたい》を斬り割られていた。

「不覚……」

地面に突っ伏した勘兵衛が、土を嚙んで吐いた。

男は残心《ざんしん》をくれるでもなく、地面にもがく源左へ向かった。

しゃっ、と刃鳴りをさせ、源左の喉《のど》を撫で斬った。源左の喉に、新たな口が開いた。もはや流れる血も失い、疵口《きずぐち》から湧いたのは、赤い泡のみ。

「おぬし、何者だ、名乗れ」

顔を起こす余力もなく、突っ伏したまま勘兵衛が問うた。口の廻りに土煙が舞った。

今わの際の問いかけに、男が答えた。

「三峰勝正《みつみねかつまさ》、と言ってもどうせ知るまいが」

「知らぬ。なぜ、赤の他人が、このような無体《むたい》を？」

「それはな、俺が死神さまの使いだからだ」

「死神の使い？」

怪訝《けげん》に繰り返した勘兵衛に、

「己が務めを果たしたまでのこと」

三峰が淡々《たんたん》と続けた。勘兵衛の顔が、さらに土に沈む。事切れていた。

三峰は懐《ふところ》から懐紙《かいし》の束《たば》を抜き出した。血に濡れた刃を拭《ぬぐ》おうとして、ふと、手を止める。懐紙の束を懐に押し戻して、己が手にあった大刀を、無造作に放り出した。

下緒《さげお》を解いて鞘も棄《す》てた。勘兵衛の手から大刀を捥《も》ぎ取った。亡骸《なきがら》をあお向けに転がして鞘も奪い、大刀を納めて自分の腰に差し直した。

三峰は、しばらくふたつの亡骸を眺めていた。なにを思ったか、脇差を抜いて勘兵衛の死骸《しがい》に屈《かが》み込んだ。

脇差をごしごしさせて髷《まげ》を切り落とした。次に源左の髷も切り取り、一緒に懐紙に包んで着物の袂《たもと》に落とした。

立ち去り際に、三峰は地面に置かれた提灯を蹴り飛ばした。水面に落ちた提灯が沈んでいき、じゅっ、と音をさせて消えた。

あたりは再び、漆黒《しっこく》の闇に戻った。

三峰の足音が遠ざかっていった。入れ替わるように、複数の柔らかな足音が押し寄せてきた。

野良犬どもの、深夜の饗宴《きょうえん》が始まった。


三峰は不忍弁才天《べんざいてん》の前を通って、下谷広小路《したやひろこうじ》に出た。通りを横切り、いったん下谷町へ向かって進んでから、また角を左に折れる。そうして、下谷広小路と並行する裏通りへ入った。

番人の目を避けるために、わざわざ迂回《うかい》していた。下谷広小路には三枚橋《さんまいばし》が架かっている。将軍家が寛永寺に参詣する際の御入用橋《ごいりようばし》であり、夜間でも警戒が厳重《げんじゅう》なのだ。

三峰は隠密同心《おんみつどうしん》として公儀《こうぎ》の職にありながら、人殺しを繰り返す殺人鬼という裏の顔を持っている。同心としての知識と経験を、殺しを隠蔽《いんぺい》するために遺憾《いかん》なく使ってきた。どこに監視の目があるかなど、知り尽くしている。

「きょうで四度目か。これで五人斬ったな」

三峰が独《ひと》り言《ごと》を吐いた。

このところ、辻斬《つじぎ》りにいそしんでいた。

六月晦日《みそか》の未明に起きた、あの忌《いま》わしい出来事をきっかけに始め、ほぼ一月の間に、すでに三度、実行している。

あの日、小伝馬町《こでんまちょう》の牢獄で火災が発生して、囚人《しゅうじん》たちが切放しになった。その中に、蘭学者《らんがくしゃ》・高野長英《たかのちょうえい》と植木職人の風介《ふうすけ》がいた。三峰は牢外に出たふたりを殺そうとして失敗したのである。

三峰は失敗に脅《おび》えた。

自分の殺人癖を、死神の眷属《けんぞく》であるがゆえと信じていた。死すべき人間を、あの世へ送るために、自分は死神から遣《つか》わされたものだと。

そんな自分が、死神に課せられた大事な使命を果たせなかった。役立たずのぼんくらだと、自ら証明してしまった。

激怒した死神は、即座に死を以《もっ》て自分を制裁《せいさい》するだろう、三峰はそう考えて脅えたのである。

それがそうはならなかった。一日生き延び、翌日も生き延びた。

そして三日目も。

ただ生き延びただけでなかった。その日は、切放しの期限でもあった。

切放しになった囚人は、三日を期限に、回向院《えこういん》に出頭することを義務付けられている。

その期限が過ぎても、七人の囚人が出頭しなかった。切放しを機に脱獄した。重罪である。捕まれば死罪になると覚悟しての逃走だった。

長英と風介も出頭してこなかった。

三峰は、三日も生き延びたことにまず驚き、長英と風介が脱獄したと知るに及んで、ある結論に至った。

死神さまは、慈悲深くもこの俺に、失敗を償《つぐな》う機会を与えて下さったのだと。

そこへさらに不思議なことが重なった。

牢獄の火災で、囚人がひとり焼け死んだが、その黒焦げの死体はなぜか、風介のものとされたのだ。

焼死体と風介の背格好はたしかに似ていた。また風介が、最後まで牢獄を出なかったとする囚人の証言もあった。そこから牢獄主の石出帯刀《いしでたてわき》が、焼死体は風介であると断定したのだ。

それが間違いであるということは、むろん三峰にはわかっていた。

三峰は、自分が犯した殺しの濡れ衣を着せて風介を、牢獄へぶち込んだ。その風介が脱獄したが、死んだことにされた。

奉行所《ぶぎょうしょ》は風介を探さない。誰も探さない風介を見つけ出して、斬って棄てることが出来るのは三峰だけということになる。

そうなるように死神が計《はか》らってくれたとしか、三峰には思えなかった。

風介が生きている事実を、あえて三峰は隠した。そして、こんどこそ風介を自分の手であの世へ送ってみせますと死神に誓った。

その日を境《さかい》に、三峰は辻斬りを始めた。自分を鍛《きた》えるためだった。

幼い頃から北辰一刀流《ほくしんいっとうりゅう》を学んで免状も取っていた。奉行所でも一、二と称され、それだけの腕前だと自負もしていた。

そんな自分が、虫も殺せない風介と、侍《さむらい》の出ではあるが、とうに剣を棄てた長英を、仕留め損《そこ》なった。あろうことか、反撃を受けて昏倒《こんとう》させられもした。

敵を侮《あなど》ったせいだった。

獅子搏兎《ししはくと》というが、獅子は兎《うさぎ》のような小物を相手にしても、一切の妥協《だきょう》なく、全力を尽くす。その心構えに欠けていた。

その獅子になろうと三峰は思った。大刀を持った手練《てだれ》を斃《たお》せる〝獅子〟になってこそ、軟弱な町人を討ち漏らすことなく、確実に仕留められると。

そして一心に、辻斬りに励んだ。

最初は、本所《ほんじょ》をひとりでうろついていた浪人を襲った。これまでに重ねてきた人殺しは、いつも不意討ちだったが、相手に大刀を抜かせて対峙《たいじ》した。

呆れたことに浪人が抜いた大刀は竹光《たけみつ》だった。それでも梃子《てこず》摺らされた。殺されると自覚した浪人は必死になり、手傷を負っても、なお抵抗した。結局、斬って殺すことができず、堀に落として溺れ死にさせた。

三峰は自分の未熟さに落胆した。どこがいけなかったのか、なんども振り返った。

太刀筋《たちすじ》が軽いせいだと気づいた。

防具と竹刀《しない》を使う道場剣法は、相手を叩いて終わる。その癖が身に染みついていた。人を斬るには、刃を当てただけでは駄目だ。だからあの浪人に、浅い手傷しか負わせることができなかったのだ。

斬るとは、切断することだ。

気づいた三峰は、二度目も浪人を狙った。その浪人は竹光ではなく、ちゃんと大刀を差していたが、しかし、抜くのがやっとという有様だった。

震える腕に大刀を構えるのが精一杯で、下半身はがら空きだった。

三峰は、浪人の太腿《ふともも》を狙って、ざっくりと斬り裂いた。太い血の管《くだ》まで断たれた浪人は、滝のように血を流して死んだ。

少しは自信もついたが、まだまだ不満が残った。

ようするに、ふたりの浪人には立会いの経験がなかった。泰平《たいへい》の世の中だ、そうなっても無理はないが、不満は不満だった。

案山子《かかし》よりは増しという程度で、そんな相手をいくら斬っても腕は上達しない。

三度目は、深川《ふかがわ》で博徒《ばくと》に挑んだ。

見るからに強そうな博徒だった。年も四十前で、男盛りの精気が漲《みなぎ》っていた。なんども修羅場《しゅらば》を潜ってきたのが、鷹《たか》のような鋭い目付きに表れていた。

得物は長脇差だった。大刀より若干、短いが、腰を引いて片手で操ると、切先が伸びた。短いことが軽さとなり、刃の動きは恐ろしく速かった。

博徒は、ちょこまかとした動きで、三峰の体のどこでも狙ってきた。

一撃必殺ではなく、じわじわと切り刻み、流血を重ねさせて死に至らしめるという、やくざ剣法だった。

三峰は相打ち覚悟で、思い切って踏み込んだ。それが功《こう》を奏《そう》した。着物の胸元を切り裂かれたが、三峰の刃は博徒の首を、ほとんど半ばまで切断した。危うく返り血を浴びそうになったほど、三峰の踏み込みは深かった。

そして四度目となった今夜、三峰は複数の相手を求めた。課題をさらに難しくしたのである。そのために、手頃な相手がなかなか見つけられず、夜半まで掛かってしまったが、なんとかやり遂げた。

ふたりの武家は、なかなかの腕前だった。勘兵衛が差していた大刀からも、それがうかがえた。ただの安物などではないその大刀はいま、三峰の腰にある。

大刀を奪ったのは、血で汚れた自分の大刀を拭くのが面倒で取り替えたまでだったが、髷を切り取ったには別の理由があった。

斬った相手は歴とした武士だった。これまでの浪人や博徒とは意味がまるで違う。武士が武士に対する礼儀として、首級《しゅきゅう》を取るべきだった。

が、首級は重い。ぶら下げて歩くわけにもいかないし、日が経てば腐ってしまう。

一方、遺髪《いはつ》というくらいで、頭髪には魂が宿っている。首級の代わりになると思い、切り取ることにしたのだった……。

回想から醒めた三峰は先を急いだ。

辻斬りで腕を鍛えるほかに、やるべきことがあった。

裏通りを足早に通り抜け、下谷広小路へ戻った。上野北大門町《きただいもんちょう》の家並みを左手に見ながら西へ進んだ。

この町内に風介の親方・勘蔵《かんぞう》の住まいがある。そこに娘の、おみよも一緒に住んでいる。風介と祝言《しゅうげん》を挙げることになっていた、あのおみよである。

公儀により、脱獄囚の探索《たんさく》が続けられていたが、三峰は単身、おみよの近辺に目を注ぐことにした。恋しいおみよの元に、いずれ風介が姿を現すと予想してのことだった。

江戸での探索は、まさに蟻《あり》一匹《ぴき》、逃がすまいとするほどのものだった。末端《まったん》の岡《おか》っ引きに至るまで駈りだされ、徹底的に行われていた。

七人の脱獄囚のうち五人が、はやばやと捕まったのも、そのせいである。

残るは二人となっていたが、風介が見つからないのは当然として、長英もまんまと姿を暗ましていた。

切放し後に、蘭方医《らんぽうい》・大槻俊斎《おおつきしゅんさい》の下谷練塀小路《ねりべいこうじ》の家に、長英が現れたことまでは判明したが、そこで身形を整えると長英は即座に立ち去ってしまい、それからの足取りはまったく摑めなかった。

すでに江戸から脱出したと見た奉行所は、七月二十一日に長英を全国手配した。罪状は脱獄だった。この時点ではまだ、長英が脱獄を目的に牢獄に放火させた事実を奉行所は把握《はあく》していなかったのである。

火の気の全くない御《お》様《ため》場《しば》が火元であったことから、奉行所は早くから放火を疑ったが、その容疑を、囚人の切放しと同時に姿を隠した牢獄の下男《しもおとこ》・栄蔵《えいぞう》に向けた。ちなみにその栄蔵が捕らえられたのは、翌々年の弘化《こうか》三年（一八四六）である。そこで初めて、長英が放火を依頼した主犯であったことが明らかになった。栄蔵は捕まった年の四月に、放火の下手人として火炙《ひあぶ》りの刑に処せられた。

長英の手配から四日遅れで、清吉《せいきち》という囚人が追加手配された。

清吉とは、長英が牢名主を務めていた東牢に繋《つな》がれていた微罪《びざい》の囚人だった。その清吉こそが、じつは風介と間違えられた焼死体の主だった。

奉行所は清吉が、長英と同行している可能性が高いとも手配書に記した。

おそらく風介は、長英と一緒にいると三峰も思っていた。しかし、当面はそうでも、自分が手配されていないと気づけば、風介は長英と別れておみよの元へ現れると信じていた。

勘蔵の家の前を通り過ぎた。

とうに寝入っており、家の中からは灯りは漏れていない。

三峰は周辺にすばやく目を配ったが、誰の姿も気配もなかった。

諦めて、その場を離れた。数刻も不忍池の畔《ほとり》に佇んでいたので疲れていた。八丁堀《はっちょうぼり》の自宅まで帰るのは、いまさら億劫《おっくう》だった。

下谷広小路をそのまま進んで、三峰は上野黒門町《くろもんちょう》の自身番の戸を開いた。

「おや、旦那、ちょうどいいところに」

声を掛けてきたのは、岡っ引きの竜平《りゅうへい》だった。下っ引きと一緒に、湯飲みを手に立ち上がった。

竜平は十手《じって》を笠《かさ》に、庶民《しょみん》を泣かせる、碌《ろく》でもない岡っ引きである。頭も悪い。捜査能力もなく、罪のない人間を間違えて捕らえるようなことを、しょっちゅうやる。

三峰が犯した二件の殺しを、風介の仕業《しわざ》と思い込んでお縄にしたのも、この竜平だった。

まあ、それには感謝しなくてはならないだろうが。

「ちょうどいいところ？」

問いつつ、三峰は履物《はきもの》を脱いで座敷へ上がった。大小を抜いて腰を据えた。

「旦那を探していたところでさ。それというのも、お奉行さまがお呼びなので」

竜平のいう奉行とは、南町奉行・鳥居耀蔵《とりいようぞう》のことである。

「鳥居さまが、俺を？　いったいなんの用で」

「長英の野郎が、武州《ぶしゅう》に現れたとかで」

「本当なのか。で、いつ現れたのだ？」

いったん据えた腰が浮いていた。

「しばらく前のことらしいです」

「武州のどこだ？」

「さあ、そこまでは。とにかく明日にも、お奉行さまのところへ顔を出して下さい」

竜平は言付けを頼まれただけで、詳細は聞かされていなかった。

自身番の当直が、三峰に茶を勧めた。それを一口、啜《すす》ってから、

「わかった。明日、一番に奉行所に向かおう」

三峰は答えた。

「ところで旦那、こんな夜更けに、なんの御用で、こんなところに？」

しかもそんな身形でと、竜平はいかにもいいたげだった。

「犬も歩けば棒に当たる。長英の手掛かりはないかと、あちこちうろついているうちに、気がついたら、ここまで来ていた」

適当に誤魔化《ごまか》したが、

「そうでしたか。あっしらも足をすり減らして捜し廻ってやすから、旦那のご苦労はよくわかりやす」

と竜平は三峰を労《ねぎら》った。辻斬りをしていたと知れば、いったいどんな顔をするのだろう？

三峰は腹の底で嗤《わら》った。

「用は終わったのだろう。俺はここでひと寝入りするが、お前たちは塒《ねぐら》に戻って

寝たらどうだ」

「へえ、そうさせて戴《いただ》きやす」

竜平は湯飲みの茶を飲み干すと、下っ引きと一緒に帰っていった。

三峰が畳《たたみ》の上に横になると、当直が枕を運んできてくれた。

翌朝早く目醒めた三峰は、いったん八丁堀の自宅へ戻って着替えを済ませ、奉行所へ出仕した。鳥居は三峰を待っていたようで、すぐに面会できた。

「おおまかなところは聞きました」

挨拶《あいさつ》を省いて、切り出した。鳥居は、無駄口を嫌う。ご機嫌伺いなどすれば、かえって不機嫌になる。

「長英が立ち寄ったのは、武州足立郡《あだちぐん》の大間木村《おおまぎむら》に住む、高野隆仙《たかのりゅうせん》なる蘭方医だ」

「長英の身内ですか？」

「いや、単なる同姓だ。長英とは親交もないようだが、隆仙の弟で、板橋《いたばし》に住む水村玄銅《みずむらげんどう》と申す医者がいる。この玄銅は長英の弟子だ。それで玄銅に密偵《みってい》を貼り付けていたのだが、これという動きはなかった。念のため、その密偵に隆仙も探らせてみた。すると、切放しのあった翌日、隆仙の元に見慣れぬ男が訪《おとず》れたのを近所の者が目撃していた。笠を被っていたので、面体《めんてい》まではわからなかったというが、わしはどうも気になってな。ただの勘といわれればそれまでだが、一応、調べてきて貰いたい」

話を聞いて、三峰はすぐにその気になった。

それが上司としての頼みなら、三峰も躊躇《ちゅうちょ》したであろう。隆仙は医者である。遠方《えんぽう》から患者が訪ねてくることもある。

近所の者がたまたま見慣れない者を目撃したからといって、定廻《じょうまわ》り同心である自分が、管轄《かんかつ》外へ出向いてまで、わざわざ調べるほどのことはない。鳥居が派遣した密偵でも、充分、事は足りる。

だが、鳥居はただの上司ではない。奉行としての権力を悪用し、多くの無辜《むこ》の民を苦しめ、死に追いやってきた。長英ら、蘭学の徒を牢獄へ送りこんだのも、完全な疑獄であり、でっちあげだった。

そんな遣《や》り口で、これまでに何人、あの世へ送ってきたことか。百や二百ではない。恐ろしいほどの数だ。

鳥居が自分と同じ死神の眷属であると三峰は確信していた。しかも敬《うやま》うべき先輩であるとも。

その鳥居が、ただの勘だと言っても、言葉通りに受け取れるものではない。

鳥居の手足となって働く家来や与力《よりき》がそばに控えるこの場で、まさか死神が教えてくれたと言えるはずがない。同類である三峰だけにわかるよう、仄《ほの》めかしているのだ。

鳥居は死神から命令を受けている。この偉大な先達《せんだつ》は、死神の声を直接、聞くことすらできるのだろう。

そう思うと、鳥居に対する敬意で胸が熱くなった。

「さすが鳥居さまでございます。私もせいぜい研鑽《けんさん》を重ね、鳥居さまに一歩でも近づきたく存じます」

思いが言葉になった。

「うん？　それはやってくれるという意味であろうな」

鳥居が小首を傾《かし》げた。

「むろんでございます。鳥居さまの命《めい》とあれば、この三峰、身命を賭しても果たす、所存《しょぞん》です」

討ち果たして参ります、三峰は言外にその意を籠めた。

鳥居は長英を憎んでいる。捕らえるために自分を遣るのではない。殺せと命じている。

「うむ」

と鳥居が頷いた。

「では、すぐに大間木村へ向かいます」

深々と平伏《へいふく》してから、三峰は鳥居の前を辞去した。

三峰の後姿を見送りつつ、

「おい」

鳥居が家来のひとりに声をかけ、手で招《まね》いた。

そばへ呼ばれたのは、本庄茂平次《ほんじょうもへいじ》という鳥居の家来だった。鳥居が町奉行に就任した天保《てんぽう》十二年（一八四一）に家臣団に加わっていた。

陰でなにかと囁《ささや》かれる男だった。出身地の長崎で事件を起して入牢した前歴があるとか、いやそれどころか、長崎の牢を脱獄して江戸へ逃げ、鳥居に拾われたとする噂すらあった。

本庄はそんな噂がまんざら誇張《こちょう》とも思えぬような、一癖も二癖もある、いかにも狡《こす》からい顔付きをしていた。

「なにやら、三峰は大袈裟《おおげさ》なことを申しておったな」

「たしかに、妙なほどに畏《かしこ》まっておりました。殿の御前で緊張のあまり、でございましょうが、鳥居さまに対する忠心、いや崇拝ともいえるものすら感じられました」

「しかも以前より、一段と……。どこか思い詰めたようでもあった」

「御意。私はいささか、気味悪く感じました。長英をこのまま逃がしては、奉行所の威信《いしん》にもかかわると、当人も必死なのでございましょうが……」

「人一倍、責任感が強いのであろうな。もともと優秀な同心だ。使い方次第で、思った以上の働きをさせることも出来そうだ」

「御意……」

と応じた本庄は、ふと、なにか思いついたように瞳を光らせた。鳥居へさらに身

を寄せると、

「殿、三峰に、例の件を託してみては如何《いかが》でしょう？」

本庄が囁き声で続けた。

「あの件にか？　無理だ、そんなことは。三峰は同心だぞ。いくらわしの命でも、引き受けるわけがない。むしろ、わしらの企《くわだ》てを知れば、騒ぎ立てるやも知れぬ」

鳥居の声も低くなっていた。

「殿のご危惧《きぐ》は、ごもっともですが、事は急を要しております。ここは一か八か、三峰に賭けるべきかと。もし殿がおっしゃるように、三峰が殿の命を拒《こば》むようであれば、その場で斬り捨ててしまえば宜《よろ》しいかと」

「うむ」

鳥居が頬に手を当て、考え始めた。しばらくして、口を開いた。

「お前の言うようにしてみよう。ただし、ほかにも適任者がいないか、探してみてくれ。誰を使うにしろ、決まり次第、すぐに取り掛かれるよう、手筈を整えておけ。万にひとつの手違いもならぬぞ」

「重々、承知致しました」

本庄が、目に力を籠めて答えた。

奉行所を出た三峰は、その足で浅草花川戸《はなかわど》へ向かい、川越舟《かわごえぶね》に乗り込んだ。江戸と川越を往復する川越舟は、寛文《かんぶん》二年（一六六二）に拓《ひら》かれたが、利用客も多く、日に何便も行き交うようになっていた。

途中、川口《かわぐち》で舟を下り、そこからは歩いた。大間木村へ着いたときには、夕刻が近づいていた。

通りがかりの村人に訊ねると、高野隆仙の自宅はすぐにわかった。ほかの民家からは離れた樹林《じゅりん》の中に、その家はあった。

近づくと、どこからともなく、ふたりの男が現れた。ひとりは顔見知りで、鳥居の密偵の寛次《かんじ》。まだ三十過ぎで、ふだんは薬売りの行商《ぎょうしょう》をしている。

日焼けした顔に驚きを浮かべ、

「歩いて来られるのを見て、もしやと思いましたが、やはり三峰の旦那でしたか」

「そうか、密偵とはお前のことだったか」

密偵が誰とも聞いていなかった。鳥居はおそらく寛次の名も知らないのだろう。

三峰もここへ来ればわかると思い、あえて確かめもしていなかった。

「そっちは？」

と三峰は、寛次の隣の男に視線を送った。年も背丈《せたけ》も寛次と同じくらいの男だ。

「このあたりを縄張りにする岡っ引きで、岩《いわ》といいます」

寛次が紹介すると、岩が聞き取れないほどの低声で、ぶつぶつと挨拶した。三峰が町奉行所の同心と気づいて気後《きおく》れしている。

「長英たちは、ここに匿《かくま》われていそうか？」

三峰は、構わず本題に入った。

「さあ、それは。なにしろ、一月も前の話ですから」

寛次が額の汗を拭った。もう八月に入っている。寛次が汗を掻いたのは、暑さのせいだけではない。

「江戸には、そのまま伝えましたが……」

寛次が、言い訳のように続けた。

村人が見慣れない男たちを見かけてから、だいぶ経つ。寛次が摑んだのは、あくまで不確かな情報だ。寛次もそこはわかった上で、ほかに報告すべきこともないので、そうしたまでだった。

まさか定廻りの同心が、出向いてくるとは予想もせず、思ったよりも話が大きくなったことに慌てていた。

三峰には、そんなことはどうでも良かった。長英たちがまだここに留まっているとは全く考えていない。いちおう、聞いてみたまでだ。

「隆仙は？」

「きょうは一歩も外に出ていません」

「だったら、家にいるな？」

寛次が大きく頷いた。

「踏み込むぞ」

「え、いきなり？」

寛次が目を丸くした。

「俺は表から上がる。お前たちは外にいろ。逃げ出す者がいたら捕まえろ」

「へえ」

「へえ」

寛次と岩が声を連ねた。

三峰は玄関に廻った。履物は脱がず、ずかずかと土足で上がり込む。物音に気づいて女が現れ、ぎょっとしたように立ち竦《すく》んだ。

「奉行所の者だ。いまこの家には、何人いる？」

「夫と姑《しゅうとめ》、それに小間使いがひとりです」

意外にも、落ち着いた声で女が答えた。夫と口にしたことで、女が隆仙の妻だとわかった。いずれこういうこともあろうかと、心積りをしていたのかも知れない。

「それだけか？」

「はい」

この女は嘘を吐《つ》いていない、長英と風介はすでに立ち去った、と三峰は判断した。自分がとんでもない秘密を抱えているだけに、人の嘘を敏感に嗅ぎわけることができる。

「隆仙はどこだ、案内しろ」

「こちらです」

女が先に立って歩きだした。奥の一間に着くと、文机《ふづくえ》に向かっていた隆仙が気配で振り向いた。土足の三峰を見て、呆然《ぼうぜん》と言葉を失う。

「お前は失せろ！」

三峰は女を追い払い、隆仙に詰め寄る。

「南町奉行所同心、三峰勝正だ。聞きたいことがある。問われたことに正直に答えろ」

隆仙が、小刻みに震えながら頷いた。

「月初めに高野長英と、もうひとりがここを訪ねたであろう。近所の者が目撃しておる。ここにはもうおらぬようだが、いつ、立ち去った？」

「……ち、長英殿は、ここへは来られたことはありませぬ」

「ほう、来ていないと言うのか？」

三峰は隆仙の襟《えり》を摑んで立たせた。額と額を突きあわせるようにして、

「俺の目を見て、もう一度、言ってみろ！」

「来られておりませぬ」

答えたとき、隆仙の瞳が微かに泳いだのを三峰は見逃さなかった。

「嘘だ、俺にはわかる。で、いつだ、長英がここを立ち去ったのは？」

三峰は質問を進めた。

「来てもいないのに、立ち去るわけがございません」

「まだ言うか。いいから問われたことに答えろ。長英は最近までいたのか？　それとも、五日後か？　あるいはすぐに立ち去ったのか？」

三峰は隆仙の目を覗き込んだまま、順に問い、反応を見比べていた。

「……そうか、すぐに立ち去ったか」

瞳の動きの違いから、三峰はそう断じた。

「勝手に決めないで下さい。いくらなんでも酷《ひど》すぎます」

隆仙が憤然《ふんぜん》と抗議したが、その顔は蒼褪《あおざ》めていた。人は興奮すると赤くなるものだ。言葉とは裏腹に、隆仙は動揺している。

それが三峰の断定が正しいものであることを、なにより物語っていた。

「で、どこだ。どこへ向かった？」

三峰はさらに質問を変えた。隆仙が視線を逸《そ》らした。

「俺が嘘を見抜けると、悟《さと》ったようだな。だから目を逸らしたな」

「ち、違います」

「だったら、こっちを見ろ。そうだ、それでいい。長英が逃げたのは、東か？　西？　違うようだな、では北か？」

「存じませぬ」

　これには隆仙が即答した。

「ちっ、本当に知らぬようだな」

　三峰は、本心、がっかりしていた。長英は万一のときに備えて、行き先を告げなかったのだろう。知らないことを、人は白状出来ない。

「ですから、なにも存じませぬ。最初から、そう申しております」

「勝手にほざいていろ。この役立たずめ」

　三峰は隆仙を突き飛ばした。よろめいた隆仙が文机の上に倒れた。隆仙の太った体に、文机の脚《あし》が、がたんと大きな音を響かせて、へし折れた。

「旦那、逃げ出した奴はいませんでした」

　寛次が現れた。倒れた隆仙を見て、

「こいつ、なんか喋りましたか？」

「ああ、長英たちはここへ現れたが、すぐに逃げた。こいつは逃げた場所を教えられていない」

「そんなことは、ひとことも言ってない」

隆仙が半身を起こして、三峰を睨《にら》みつけた。

「煩《うるさ》い！　黙ってろ」

三峰は一喝《いっかつ》した。

「江戸から大間木へ来たってことは、もっと北を目指してのことではないですか。長英は奥州《おうしゅう》水沢《みずさわ》の出です。母親もいますから、そこへ行ったんじゃ？」

寛次が言った。三峰も長英の故郷が、奥州水沢と知っている。しかし、逃亡先として真っ先に疑われるような場所に、あの長英がのこのこ現れるものだろうか。

「いや、待てよ……そうか、そういうことか」

三峰には疑わしく思えたが、ふと、脳裏《のうり》に閃《ひらめ》いたものがあった。

「なんです、旦那？」

「長英は切放しになったのを機に、脱獄を決意した。捕まれば死罪だ。なにを差しおいても、母親に会っておきたくなったのだろう。今生《こんじょう》の別れというやつだな。だから、そうそうに江戸を抜け出し、手配が廻る前に故郷へ向かったのだ」

たまたま切放しになった長英が、脱獄するに至ったとしか三峰は思っていない。脱獄を目的に切放しになるよう長英が謀《はか》ったとは想像もせず、長英と風介が成行きで行動していると見ていた。

「じゃあ、野郎はそこにいるってことですか？」

「それはあるまい。母親に会って長英は目的を果たした。次に考えるのは、一日でも長く逃げ延びること、それだけだ」

三峰は断言した。脱獄犯が捕らえられれば死罪になる。一日逃げれば、一日、命が延びる。

「それじゃ、振り出しじゃないですか」

「そうでもない。母親には、行き先を告げたかも知れない」

「なるほど。地元に問い合わせたほうが良さそうですね」

うむ。三峰は頷いたが、内心、肩透《かたす》かしを食った気分だった。ここへ来れば、もっと長英と風介に迫ることが出来る情報を摑めると思っていた。なにしろ、死神が導いてくれたのだから。

それとも俺は、なにか重大な見落としをしているのだろうか。

「寛次、こいつをひっ捕らえろ。もっとなにか知っておるはず。全部、吐かせるのだ」

「ひっ」

隆仙が、しゃっくりのような悲鳴を上げた。潰れた文机の上を、背中で後退りする。

「へえ」

寛次が応じて隆仙を立たせた。己の運命を悟った隆仙は、膝《ひざ》を激しく震わせた。

「縄はかけないでおいてやる。大人しくしてろよ」

寛次が背中をどついて歩かせた。外へ出ると、岩が待っていた。

「取調べをすることになった。どこへ連れていったらいい?」

寛次が問うと、

「鴻ノ巣《こうのす》の詰所《つめしょ》ですね」

岩が口にした。鴻ノ巣は大宮《おおみや》宿の先で、ここから五里はあった。今夜の泊まりも兼ね、とりあえず大宮宿へ向かうことにした。

歩き出して後方を振り向くと、隆仙の妻と母親らしき老婆が戸口に立っていた。

ふたりとも、幽霊のように蒼褪めていた。

荷を担いだ数名の商人の一行が、薄闇に包まれ、反対方向から向かって来る。まだ顔の判別がつく暗さだが、風介と長英は顔を上げたまま、一行と擦れ違った。慌てて顔を隠したりすれば、かえってその不自然さが人目を引く。おどおどした態度も同じだ。これまでの経験から学んでいた。

商人たちは会話を交しながら歩いていた。訛りがきつくて内容はほとんどわからなかったが、風介は歩みを止めた。

「あの人たちは、関所がどうとか話していた気がします。ちょっと、ここで待っていて下さい。私が先に行って様子を見てきます」

長英に向かって言った。

「関所？　わしには聞こえなかったぞ。それにこんなところに関所などないはずだが」

「だから、気になるんです。聞き間違いならそれまでのことですし、用心するに越したことはありませんせん」

「杞憂《きゆう》だとは思うが……わかった風介、わしはこのあたりで休んでいることにしよう」

「もし、私が戻らなかったら、そのときはひとりで逃げて下さい」

「おいおい、縁起《えんぎ》でもないことを言うな」

声に笑いを含ませつつ、長英は道端の茂みに腰を降ろした。

三峰が推測したように、ふたりは切放しになったのち、即座に江戸を出て、一路奥州へ向かっていた。奉行所の手配が廻るのに、しばらく手間取ると考え、人目を避けて裏街道を行くことなく、奥州街道を北上したのである。

獄中生活で衰えた体に急ぎ旅は辛かった。切放しの期限となる三日目には、宇都《うつの》宮《みや》を過ぎたものの、その後の路程は、順調とはいえなかった。

疲れた体に鞭打っても、会津《あいづ》領《りよう》を抜けるのに、七月中旬までかかってしまった。そこからいったん、米沢《よねざわ》に立ち寄った。長英の知人である米沢藩医・伊東《いとう》救庵《きゆうあん》を訪ねて、数日、休養を取った。

意外にもまだ、江戸町奉行所からの通達が米沢藩に届いていないとわかった。ふたりは、再び、奥州街道へ戻って水沢を目指した。

各所にある高札場《こうさつば》でも、自分たちの人相書きを見なかった。毎晩ではないが、旅籠《はたご》にも泊まった。

結局、水沢には七月末頃に着いた。長英が母親との再会を果たすとすぐに、その水沢も出た。そしていま、奥州街道を引き返し、仙台へ向かっている。

仙台には長英の知人がいる。鈴木忠吉《すずきちゅうきち》という博徒の親分である。もっとも長英の直接の知り合いではない。

忠吉には米吉《よねきち》という子分がおり、その米吉が小伝馬町の牢獄へ入れられたことがあった。そのときの牢名主《ろうなぬし》が長英だった。

牢獄の環境は最悪で、まさに地獄だ。風介もたっぷり味わった。

釈放《しゃくほう》される前に獄死するものが大勢いる。牢名主や同房の者達から嫌われて折檻《せっかん》を受けて死ぬこともあれば、風邪を引いても死に至るのが普通なのだ。

そんな中、長英は囚人同士の諍《いさか》いを禁じ、病に罹《か》かる者があれば、医者の腕を活かして治療まで施《ほどこ》した。囚人たちから仏と崇《あが》められた。

米吉は長英のお蔭で、無事、釈放の日を迎えることができた。牢獄を出た米吉は、親分である忠吉に長英のことを話した。そんな偉い人がいるのかと忠吉は感動した。

忠吉の義侠心《ぎきょうしん》に触れたのである。

忠吉は長英に義をもって応えた。獄外からの差し入れや、長英が外部と文を遣り取りする手助けをするよう米吉に命じ、米吉も喜んでその任を務めた。

脱獄を決意した長英は、米吉を通じて忠吉の援護を求めた。脱獄を果たしたのちは、裏社会に潜もうと考えてのことだった。忠吉は快諾《かいだく》し、長英を匿うことを約した。

いざ決行となると長英も迷った。おりしもそこへ風介が投獄されたことで、背中を押される形になった。風介が無実と知り、その風介が処刑されるのを阻《はば》むべく、急遽《きゅうきょ》、脱獄を決行した。

そのために、米吉に脱獄の期日を報《しら》せる余裕がなかった。事前に報せれば、米吉が手引きをしてくれることになっていたが、それが出来なかった。

水沢へ向かう途中、仙台を通った。そのとき忠吉を訪ねることもできたが、母親と会ってから仙台へ戻ればいいと考え、素通りした。

その仙台まで、あと五里足らずになっている。

風介は前方に注意を払いながら歩を進めた。五町も行くうちに、薄闇は本格的な闇に変わっていた。

風介は、ハッと足を止めた。提灯の灯りがいくつも見え、その灯りに数名の人影が浮かんでいる。

目を凝らすと、棒を持った男が識別できた。見たとたん、風介は来た道を戻りだした。

途中からは走った。闇はますます深くなっている。砂利道に、なんどか躓《つまず》いた。

「どうした?」

長英の声には緊張が滲《にじ》んでいる。風介の様子から、ただならぬものを察していた。

「臨時に設けられた関所のようです。人改《あらた》めをしているようでした」

「なにっ」

「私たちを探しているかどうかはわかりませんが」

「ほかには考えにくいな」

いよいよ奉行所の手配が、ここまで廻ったのだ。風介は血の気が引いていくのが、はっきりわかった。

これまで無事に過ごせた反動もある。差し迫った危機を迎えたことがなく、どこかで気が緩《ゆる》んでいた。そこへ、いきなり冷や水を浴びせられていた。

「ど、どうします？」

舌がもつれた。

「街道を進むわけにはいくまい。山へ入って迂回しよう」

長英が立ち上がった。すでに足元が見えなくなっている。そのこともあるが、

「迂回しても、ほかにも、ああいう場所があるのでは？」

うまくあの関所を迂回できても、街道へ戻れば、別の関所が設けられているかも知れない。仙台へ近づくほど、ますます警戒が厳重になるとも考えられる。

「風介のいう通りだ。山道を辿って、仙台まで行くしかない」

「ええ、でも……」

夜の山を歩いたことがない。迷ってしまいそうだ。

「案ずるな、方角さえ間違えなければいい。とにかく南だ。あっちだ」

大丈夫という割りに、長英の声も響きが低い。自分を励ましているようにしか聞こえなかった。

しかし、ほかに手立てはない。風介も、ここまで来て引き返したくはなかった。

だいいち、どこへ引き返すというのか。

「わかりました。行きましょう。そのうち月も出るでしょうし」

風介は曇った夜空を見上げ、わざと軽い調子で応じた。

街道に脇道はなかった。そのまま藪《やぶ》へ入った。藪は濃く、歩くというより、泳いでいるようだった。

たった数間で、息が上がった。一町が一里にも感じられた。おまけに月も出なかった。小雨《こさめ》さえ降り始めた。

四半刻も経たないうちに、どちらへ向かって進めばいいのかも、わからなくなった。

「歩き回っても疲れるだけだ。野宿して夜明けを待とう」

長英が言いだした。

ふたりは大木の陰で雨を避け、肩を寄せ合って眠った。

隆仙が気絶した。

手をついて我が身を庇《かば》うこともできず、顔から土間に突っ伏した。横から見ると、鼻がひしゃげている。

鴻ノ巣の詰所には昼前に着いた。場所を借りて、隆仙の尋問にかかった。責めれば、すぐに白状すると思われたが、二刻が経っても、隆仙はひと言も発さず、黙秘を続けている。

問われたことには首を振り、なにひとつ認めない。厳しい拷問に、気絶ばかり繰り返していた。

「水だ、水」

三峰が命じると、岩が手にしていた拷問杖を柱に立てかけ、手桶の水を柄杓《ひしゃく》に掬った。

「面倒だ。桶ごと、ぶっかけろ」

「へえ」

叱られた子供のように首を竦《すく》ませた岩が、水桶を持ち上げ、隆仙の後頭部に、ざあーっと水を振りかけた。

「うっ、ううう」

気絶から醒めた隆仙が、たちまち痛みに呻《うめ》いた。

「どうだ、喋る気になったか？」

寛次が問うが、隆仙は首を横に振る。

「くそっ、なんて強情な野郎だ」

寛次が唾を吐いて、拷問杖を構え直した。岩も拷問杖を手に取る。

「もういい」

三峰が止めた。それを拷問の終了と受け取った隆仙が、安堵の溜息を漏らしたが、

「鞭《むち》打ちでは駄目だ。石を抱かせろ」

三峰は方法を変えただけだった。たちまち隆仙が、恐怖に顔を引き攣らせた。

石抱の拷問とは、鋸《のこぎり》の歯のような尖りの並んだ十露盤板《そろばんいた》の上に座らせ、膝の上に重い石板を載せるものである。気の弱い者なら、道具を見ただけで気絶しかねない代物だった。

さすがの隆仙も、口を開きかけた。が、すぐにその口を固く結び直した。

「気をもたせやがって」

寛次が、さもいまいましげに罵《ののし》ったが、

——いいぞ、いつまでも強情を張るがいい。

三峰は心中、ほくそ笑んでいた。人が苦しむ姿を見ると、臍《へそ》の下あたりに、ぞくりとした疼《うず》きを覚える。悦楽《えつらく》に呻きそうになる。表情に出さないのが大変なほどだ。

隆仙が十露盤板に座らされた。それだけでも耐え難い苦痛であろうに、隆仙は歯を喰いしばって堪えた。

寛次と岩が、石板の両端を持って運び、隆仙の膝の上に載せた。

「ひぃーっ」

隆仙が、白目を剝いて上半身を仰《の》け反《ぞ》らせる。顔といわず、胸といわず、露出した肌すべてに粟《あわ》が立ち、脂汗《あぶらあせ》が噴き出していた。

隆仙は、唇に歯を立てて我慢したが、唇が切れて血が溢《あふ》れ出したとき、がくりと首を垂れた。

また気絶した。

「水だ、水！」

三峰が叫ぶと、

「汲んで来ます」

岩が手桶を引っ摑んで走っていった。寛次が、隆仙の頬をぺしぺしと叩いた。反応がない。寛次は隆仙の息を確かめた。

「旦那、息が弱くなってます。このまま逝《い》っちまいそうですよ」

死なれては元も子もない。自白が引き出せなくなってしまう。楽しみも終わる。

「まずいな。きょうは、ここまでにしておくか」

「へえ、あとはあっしらに任せて、旦那はお先に」

言われるままに、三峰は詰所を出た。

鴻ノ巣も中山道《なかせんどう》第七番目の宿場町である。昨夜、泊まった旅籠に戻ろうとしたが、途中で気が変わった。

むらむらしていた。隆仙をいたぶったせいだろう。殺しの血が騒ぎ出していた。

旅籠の前を通り過ぎ、ぶらぶらと歩き続けた。ケチな宿場町だ。すぐに町外れに出た。

目は獲物《えもの》を探している。

――おいおい、そんなことをしている場合か。

ふと、我に返った。死神が隆仙と引き合わせてくれたのに、なんの収穫も得ていない。死神の課題を果たすのが先ではないか。

――いや、辻斬りも修行だ。それはそれで。

死神の期待に応えるためにやっている。どちらも大事だ。

再度、思い直した三峰は、真剣に獲物を探し始めた。

第二章

木漏《こも》れ日の眩《まぶ》しさに、風介は目を醒《さ》ました。驚いたことに、陽《ひ》が真上にある。

長英は木の幹に凭《もた》れて、まだ眠っていた。起こそうかどうしようか、風介は迷った。

若い自分ですら、陽が高くなるまで目が醒めなかった。疲れが溜まっているのだ。五年も牢獄に閉じ込められ、四十を過ぎた長英は、なおさらだろう。

いま起こすより、ひとりでできることを片付けておこうと思った。まず、どこにいるのか、知りたかった。それさえわかれば、長英が起きたら、すぐに出発できる。

音をさせずに立ち上がると、風介はぐるりを見廻した。そこは平地になっていた。四方は濃い樹木に覆われている。

呆れたことに、いったいどちらから来たのか、それすら不明だった。記憶を辿っても見当がつかない。足跡が残っていないかと探してみたが、それらしいものもない。

風介が途方に暮れたそのときだった。がさごそという物音が聞こえた。咄嗟《とっさ》に身を屈めて、音のした方を窺った。音は近づいている。藪が揺れている。

獣《けもの》か、人か、どちらにしても厭な予感がする。

風介は、さらに姿勢を低くして、長英を揺さぶった。薄目を開いた長英の口を手で塞《ふさ》ぐ。

——どうした？

長英が丸くした目で問うた。風介は音のする方を指差した。

長英が慌てて身を起こしたとき、音が止んだ。静寂《せいじゃく》が重く感じた。その重い静寂を、

「おいっ、誰かいるのか？」

野太い男の声が破った。心の臓が口から飛び出しそうになる。背筋は凍りつき、息をするのも恐ろしくなった。

声の主が、しきりにあたりを窺う気配が伝わってきた。しゃりっと聞こえたのは、刃が鞘を走る音だろう。

——気づかないでくれ。頼むから、気づくなよ。

風介は手を握り合わせて祈った。その手が、ぶるぶると震えて仕方がない。

耳元に熱い息を感じた。振り向くと、長英が喉仏《のどぼとけ》を激しく上下させていた。

「そこにいるのはわかっている。出て来い」

男が怒鳴った。喉元まで、悲鳴が込み上げた。風介は、なんとか呑み込んだが、次の瞬間、男がいきなり走りだした。真っ直ぐ向かってくる。

背丈は五尺四寸ほどだが、二十貫はある太った男だった。まさに猪突猛進《ちよとつもうしん》。

風介は思わず、腰を浮かせたが、金縛りにあったように動けなかった。長英も膝を伸ばしたまま固まっている。

男が足を緩め、抜き身をぶら下げたまま、近づいてきた。鬼のような形相《ぎようそう》、射《い》竦《すく》めるような目。

が、男はふいに、

「ふふっ」

と笑った。背筋をすいと伸ばして、抜き身を鞘に納めた。

「悪かった。追っ手だと思って、つい。いや、ほんとに済まなかった。なにもする気はないから、安心してくれ」

「……？」

風介は長英と顔を見合わせた。まだ膝が笑っている。

「お前さんたちも、逃げてるんだろ？」

「も？」

長英が、その部分だけ繰り返した。

「どう見ても、追われているようにしか見えないが」

言って男がまた笑った。

「……ああ、その通りだ」

と長英が認めた。この男なら大丈夫だと判断したようだった。

「日陰者同士が、こんなところで会ったのも、なんかの縁だ。俺は国定村《くにさだむら》の忠治《ちゅうじ》、よろしくな」

「国定村の忠治……なに、あの国定忠治か」

長英が驚いた。風介も、その名を聞いたことがある。たしか上州《じょうしゅう》の博徒の親分で、数年前に、関所破りをしたことでお尋ね者になったはずだ。

忠治が子分十人を引き連れて、大戸《おおど》の関所を破ったのは天保七年（一八三六）のことである。忠治は弟分である茅場《かやば》の長兵衛《ちょうべえ》が、信州中野村《しんしゅうなかのむら》の目明し滝蔵《たきぞう》と原七《はらしち》に殺されたと聞いて報復に向かう途中、槍や鉄砲で武装して堂々と関所を素通りした。関所の役人たちは忠治らを怖れ、ただ見守っていたという。

「俺も少しは、名が通ってきたらしい」

忠治が照れて笑った。そうすると、きりっとした強面《こわもて》が、むしろ人懐こい感じになった。さっきまで鬼に見えたのが嘘のようだ。

忠治はいかにも博徒らしく、縞《しま》の合羽《かっぱ》に三度笠を携《たずさ》えていた。年は三十そこそこだった。

「ところで、お前さんがたは、どこへ行くつもりで？」

長英と風介は名乗らなかったが、忠治はあえてそこは聞いてこなかった。事情があると察してのことだろう。

お尋ね者でも、そんなに悪い人ではないらしいと、風介はむしろ好感を覚えた。

「仙台だ」

長英が正直に答えた。

「奇遇だな、俺も仙台だ。街道を通って行こうとしたが、関所を見て、慌てて逃げだしたって寸法だ」

「あの関所は、忠治さんを探すためのものだったんですか？」

探されているのが忠治で自分たちでないなら、まだ手配が廻っていないのかも知れないと、風介は一縷《いちる》の望みを抱いた。

「どうかな、それは。お前さんたちかも知れないぜ」

忠治は慎重な物言いをした。

うむ、と長英が呻った。長英も風介と同じことを考えていたらしい。その望みが期待薄だと気づいて落胆していた。

「忠治殿、じつは道に迷ってしまった。良かったら、仙台まで同行させてはもらえぬか」

長英が頼んだ。

「いいとも。旅は道連れ、世は情けだ」

した。

忠治が快《こころよ》く引き受けた。

「かたじけない。ところで、わしは高野長英、こっちは風介だ」

頼みを引き受けてくれた相手に、隠しておくのも心苦しいとばかり、長英が明かした。

「高野長英？」

こんどは忠治が聞き咎める番だった。

「どっかで聞いたことがあるような。あれは誰だったか、そうだ、鈴木の親分だ」

「え」

風介は、ぽかんと口を開けた。それを見て忠治が聞いた。

「まさか、仙台ってのは、鈴木の親分のところじゃねぇだろうな？」

「その、まさかです」

「そりゃまた、奇遇だ。俺は信州にいたんだが、そこもやばくなったんで、鈴木の親分のところで草鞋《わらじ》を脱ぎ、しばらく匿ってもらおうと思ってたんだぜ」

思いもかけない偶然が重なっていた。長英と顔を見合わせた風介の肩を、忠治が嬉しそうに叩いた。その仕草には、身内に対するような親《した》しみが籠もっていた。

風介もそうされて、悪い気がしなくなっていた。

「そうと決まったら、善は急げだ」

忠治が足早に、歩き始めた。

風介には、その背中がとても頼もしいものに見えた。


詰所に出向いて、昨日、隆仙の尋問を行なった一室へ入ると、寛次がひとりで三峰を待っていた。

「おや、きょうは岩はいないのか？」

「辻斬りがあったとかで、かり出されました。ここのお役人さん方も、ほとんど出払ってます」

「……」

三峰は言葉に詰まった。まさか事件が露見するとは思っていなかった。

町外れで旅の武家を斬捨てた。死骸は川へ流した。その死骸が、どういうわけか見つかってしまったらしい。

そういえば、土手から死骸を蹴落としたが、水音がしなかったような……。

まずい。俄《にわ》かに不安が込み上げてきた。

死骸が見つかっただけならまだいい。だが、現場に証拠を遺《のこ》していたらどうなる？　暗かったので、見落としたかも知れない。

「俺も行ってみよう」

「え、隆仙のほうは、どうするんです？」

「それは、戻ってからでいい」

気が急いていた。三峰はそのまま歩きだしそうになったが、

「場所はどこだ？」

さすがに気づいた。聞かずに行ったら、自分が下手人だと名乗りを上げたようなものだ。

「あっしも知りません。誰かに聞いてきます」

旦那も物好きですね、そんな顔で寛次が出ていった。

ほどなくして、小男を連れて戻ってきた。

「案内してくれるそうです。あっしもご一緒します」

小男の案内で、現場へ向かった。三峰を気遣ってか、小男はゆっくり歩いた。

苛々して蹴飛ばしそうになったが、そこは我慢した。

怪しまれるようなことは、絶対してはならない。

昨夜も来た土手が見えてきた。土手の上に、人の頭がちらほらしている。

「あそこか？」

はいと頷いた小男に、

「お前はもう戻っていい」

言いつけると、三峰は低い土手を駆け登った。土手の向うに五人ほどいた。川《かわ》っ縁《ぺり》に仰向けにされた死骸を囲んでいた。見知った役人頭が振り向いて、

「おや、三峰さん」

声を掛けてきた。聞かなくてもわかっているが、

「誰が斬られた？」

「まあ、見てください」

答える代わりに役人頭が脇へどいた。

「ほう、武家か」

三峰は、いかにもな顔を作って土手を降り、死骸へと近づいた。

そうしつつ、ざっとあたりを目で探った。死骸のそばには抜いた大刀だけが転がっていて、ほかにはなにも見あたらなかった。

少し安心した。

三峰は、死骸のそばにしゃがんで、しげしげと観察を始めた。

その血塗《ちまみ》れの死骸を、明るいところで見るのは初めてである。三十前の武家は、なかなかの男前だった。

惜しいことに髷がない。どこか滑稽《こっけい》に見える。いうまでもなく、その髷は三峰が切り取ったのだが。

年格好から見て妻子がいそうだった。若くして亭主を失った妻、そして幼くして父親を失った子……なんと不運な。三峰は他人事《ひとごと》ながら気の毒に思った。

死骸の肩口から腰にかけ、ばっくりと斜めに疵口が開いていた。骨の切断面が、綺麗に整列している。真ん中の太いのが、背骨で、ぽつぽつ並んでいるのは肋骨《ろっこつ》だ。

我ながら、見事な腕前だと感心する。

「旅の途中を襲われたようだが、なにか無くなった物は？」

「物盗りじゃないですね。懐を探られた様子もありませんでしたし、路銀もそのままでです。仏さんは高崎《たかさき》藩士で、名は……」

手形を読んだらしき説明が続いたが、三峰はふんふん頷きながら聞き流した。

「下手人《げしゅにん》の見当は？」

「手掛かりになるようなものはなにも」

「そうか。それは残念だな」

本当は、小躍《こおど》りしたい気分だ。

「相手も侍でしょうが、相当な腕前の持ち主ですね」

これには、胸がこそばゆくなる。

「物盗りでもないとなると、怨恨《えんこん》の線かもな。高崎藩士と言ったが、身辺でなにか揉《も》め事が起きていなかったか、それを調べるのが下手人を上げる近道だろうな。まさか、敵討《かたきう》ちということもあるまいが……」

三峰が、もっともらしいことを連ねると、

「なるほど。高崎藩に死骸を引き渡す際に、三峰さんの見立てを伝えておきましょう」

役人頭が納得顔で言った。

——もう大丈夫だ。俺の仕業だと気づく奴はいない。

すっかり安心した三峰は、詰所へ戻ることにした。武家の死骸に、もうなんの興味もない。

「旦那、あのしぶとい隆仙を、どうやって攻め落としますかね」

道々、寛次が訊ねた。

「死なせない匙加減が、難しくなりそうだな」

三峰の頭には、もうそのことしかなかった。

木々を透かした眼下に集落が拡がっている。農家の茅葺《かやぶき》と、大半は緑の田圃《たんぼ》だ。

その集落の真ん中を、奥州街道が貫いている。街道を目で南へ辿ると、すぐそこに仙台の町が拡がっている。

道なき山中を、擦り傷だらけになりながら、やっと抜けてきた。仙台まで、あとわずか、半里足らず。

だが、その半里足らずが、遠いものになっていた。

「ちっ、こんなところまで役人が出張ってやがる」

忠治が唾《つば》を吐いた。

物々しい出で立ちの役人たちが、行き交う人と荷を止めては検《あらた》めている。下っ端の捕吏《ほり》が五人に、頭らしき羽織姿がひとりの計、六人。みな六尺棒を手にしていた。

「仙台へ立ち入る者を警戒しているようだな」

長英が言った。たしかに、仙台から北へ向かう者への詮議《せんぎ》は、なおざりだった。ほとんど一瞥《いちべつ》しただけで通行させている。

「やはり、私たちの手配が廻ったのでしょうか？」

風介が聞いた。俄かに顔を曇らせた長英が、

「あれから一月あまりになる。むしろ遅すぎたくらいだ」

かぶりを振りながら答えた。

事実、長英が察した通りだった。七月二十五日に各大名家の江戸藩邸に届けられた手配書を元に、国許《くにもと》へ指示が出され、奥州各地の藩でも、長英の探索が始められたのである。

「となると、俺を探しているわけでもなさそうだな。ちょっと様子を探ってこよ

う」

「忠治さんだって、追われる身じゃないですか。そんな危ないことは、止めたほうがいいですよ。ここで暗くなるまで、待つべきです」

「こういうことに慣れてるから。いいからここで待っていろって」

はやくも行こうとした忠治を、

「もしかのときは、どうするつもりだ」

長英が止めた。

「関所破りは俺の十八番《おはこ》ですぜ。いざとなったら関所を破って、仙台まで駆け込むまででさ。もしそうなったら、それはそれで、俺が捕り方を引き連れて行きますから、その隙におふたりは仙台へ入ればいい。鈴木の親分さんのところで、会いやしよう」

忠治はにっと笑うと踵《きびす》を返した。

「おい、待て」

長英がなお止めようとしたが、忠治は振り返りもせず、山の斜面を獣のように駆け下りて行った。

「仕方のない奴だ。威勢がいいのは認めるが、勇気と蛮勇《ばんゆう》を取り違えている」

長英がぶつぶつ文句を言った。

「こうなったら、無事を祈るしかないですね」

風介は忠治の姿を目で追った。山を降りた忠治は、そこから続く稲田に入った。

走るのを止め、腰の高さに伸びた稲穂の間に身を隠しながら、役人たちがいる街道へゆっくりと近づいていく。それが上からだとよく見えた。

そして忠治が街道へ、あと十間まで近づいたときだった。役人のひとりが、忠治の方へ指を差したのを、風介は見た。

——まずい、忠治さん、早く逃げて！

大声で叫びかけるわけにもいかない。風介は、心の中で叫んだ。

役人たちが揃って背伸びをして、稲田を窺い始めた。

忠治は見つかったことに、まだ気づいていなかった。役人たちが、口々に喚《わめ》きだすに至って、初めて事態を呑み込んだ。

忠治は街道と平行に、仙台方面へ走りだした。腰を伸ばして懸命に駆ける。が、泥田に足を取られ、その動きは鈍《にぶ》かった。見ていて、はらはらした。

——もっと早く、早く。

風介は地団太を踏んだ。

棒を持った下っ端がふたり、忠治を追って稲田に入った。残った四人は、忠治の先回りをしようと街道を駆けた。

忠治が街道と直角に交わる畦道《あぜみち》に突き当たった。

そこでなにを思ったか、忠治は畦道へ上がり、四人の役人たちが待ち受ける街道のほうへ進路を変えた。走らず、のしのしと歩く。

四人の役人が、忠治の動きを見て畦道の出口を固めた。稲田に入った役人も、忠治と同じ畦道へ上がり、忠治の逃げ場を塞いだ。

忠治は前後を挟まれる形になったが、そのまま街道へ進んだ。街道へ出る手前で、長脇差を抜き、抜くと同時に走りだした。

一気に街道へ出て、棒を構えた役人たちの輪へ突進した。

一斉に突き出された棒の下を、刃を振りつつ、するりと掻い潜って輪の向こうへ抜けた。

刹那、役人のひとりが体を泳がせた。つんのめるように倒れると、土煙《つちけむり》を上げて地面をのたうち廻った。着物の腹が血で染まっていた。

風介は息を呑んだ。遠目とはいえ、人が斬られるのを目《ま》の当たりにした。一瞬で肌が粟立ち、ぞくりと寒気《さむけ》を覚えていた。

役人たちが浮き足だった。棒を構える腰つきが、ふらふらと怪しげなものになる。対する忠治は、落ち着き払っていた。

折りしも畦道を追って来た役人が、後方から忠治に忍び寄った。

忠治は後ろに目があるかのようにくるりと振り向き、その役人の頭上に刃を振り下ろした。

役人が身を庇おうと咄嗟に掲げた六尺棒が、ふたつに分かれ、額を斬られた役人が後ろ向きに稲田の緑に吸いこまれた。

あっさりと仲間ふたりを斃された役人たちは、忠治の腕に恐れをなした。

忠治を取り囲んだ輪が緩み、拡がったその隙間を、忠治が鉄砲玉のように駆け抜けた。

役人たちが一拍、遅れて忠治を追い始めた。そのときには、すでに五間も離されていた。

その間隔が縮まらないまま、忠治と四人の役人たちが、街道を遠ざかっていった。

「あとで忠治に、礼を言わねばならんな」

長英が安堵《あんど》の溜息を吐《つ》いた。

「いまのうちに行こう」

と風介を促《うなが》した。

山を下りて、街道へ出た。

街道には人だかりが出来ていた。みな、忠治に斬られた役人を遠巻きに見ていた。

山から現れた長英と風介に、目を注いだ者はいなかった。

役人たちが人検めを行なっていた場所を通り過ぎた。そこに札が立っていた。木の板面に墨書された文字が連なっている。

風介が足を止めて読もうとしたが、

「あとで教えてやる」

長英が背中を押した。長英は一瞥で読み取っていた。

人を避けながら、街道を急いだ。一歩、一歩が仙台へ近づくものだと思うと、自然に足が速くなった。

そうして五町も行ったときか。ふいに長英が、

「風介、引き返すぞ」

緊迫した声を発した。意味がさっぱりわからなかったが、長英は早くも来た道を戻りだした。風介は黙って従った。

「ゆっくりでいい」

前を向いたまま長英が指示した。さすがに、

「いったい、どうしたんです?」

聞かずにはいられなかった。

「忠治を追った役人たちが戻ってきた」

聞いたとたんに、すうーっと血の気が引いた。雲を踏んでいるように、風介の足裏がふわふわした。

ばたばたいう足音が聞こえてきた。それに胸の鼓動《こどう》が、どきどきと重なった。

風介は息をするのも忘れ、ただ足元を見つめて歩いた。

足音が通り過ぎた瞬間、頭がくらくらした。危うく倒れそうになった。

通り過ぎた勢いのまま、足音が追い越していった。

「風介、まだだ」

無意識のうちに踵を返そうとしていたらしい。長英が止めなれば、喚きながら逃げだしていたかも知れない。

「もういいぞ」

ようやく長英が呟いた。刹那、向きを変えようとしたが、体がよろめいた。それを長英が支えてくれた。支えられたまま歩を進めた。しばらくして、

「大丈夫だ、風介、もう大丈夫だ」

子供をあやすように長英が言った。

「あは、あははは……」

思わず、風介は乾いた笑いを漏らした。

「長英さま、私はなんて意気地無しなんでしょうね」

「恥じることはない。わしも似たようなものだ。わしの足を見るがいい」

長英の足はぎくしゃくしていた。膝が伸びたまま歩いていた。

「ほんとですね。まるで棒みたいですね」

「そうだろう……あは、あははは」

長英も笑いだした。笑ったことで緊張していた筋肉が解《ほぐ》れたか、ふたりは普通に歩けるようになった。

「忠治さんて凄いですね」

六人を相手に、忠治は平然と斬り抜けた。風介と長英のために、道を切り拓《ひら》いてくれた。その凄さが、身に染みてわかった。

「まったく、大した男だ。わしらのような臆病者は、爪の垢《あか》を煎《せん》じて呑ませてもらったほうが良さそうだ」

むろん、冗談だとわかった。だが、忠治の爪の垢を煎じて呑むだけで強くなれるなら、喜んで呑んでみたいと風介は思った。

――こんなんじゃ、駄目だ。万一のとき、なんの役にも立たない。長英さまを守るどころか、足手纏いになってしまう。

自分の弱さに愛想《あいそ》が尽きた。

――少しでも強くならないと。

生まれて初めてそう思った。

忠治の強さが、風介を目覚めさせていた。

仙台の町に入った。

人のあまりいない細い横丁を、選んで歩いていた。

鈴木忠吉が、仙台のどこに一家を構えているか知らなかった。おそらく町の中心部だろうと当たりをつけ、とりあえず向かっている。

「そう言えば、忘れていた」

長英が、ふと思い出したように口にした。

「わしはともかく、風介は手配されていなかったぞ」

奥州街道沿いに立っていたあの札書のことだとすぐにわかった。長英だけが読んで、それきりになっていた。

「えっ、私は手配されていなかった？」

風介はきょとんとした。

「わしのほかに、もうひとり手配されてはいた。しかし、お前ではなく、清吉だった」

「清吉さんって、たしか同じ牢にいた人ですよね。ということは、清吉さんも切放しのあと、回向院へ行かなかったんでしょうか」

清吉も脱獄し、だから手配されたのだろうと風介は心当てした。

うーむ、と長英が首を傾げた。

「それがな、清吉はわしと一緒に逃げていることになっていた」

「は？」

風介は手配されておらず、しかも清吉が長英と一緒にいることになっている。頭が混乱した。

「わしにも、よくわからん。清吉も逃げたが、奉行所は見つけることができず、それでわしと一緒にいると思ったのかも知れない。とにかく、よくわからん」

「私の名が、清吉だと勘違いされたとか？」

「いや、そうではなさそうだ。歳は十八、九くらい、やせ型で鼻筋通り……ここまではお前と似ていたが、色白く、眉も薄く、髪少なしとあった。まさに清吉の人相、そのものだ。名前だけを取り違えたのではない」

風介は仕事がら日に焼けて浅黒い。牢獄にいた期間も短く、色は褪せていなかった。眉は黒々としているし、頭髪もふさふさだ。

長英は一瞥しただけで、人相書きの内容を正確に暗記していた。そこはさすがに長英だった。

「いずれにせよ、わしらにとっては都合がいい」

長英が口元を緩めた。

「どうしてですか？」

「お前なら、人に怪しまれることがない」

「あ、なるほど」

忠治という道案内を失ったことで、鈴木忠吉宅を探し当てなくてはならなくなっていた。

誰かに訊ねるしかないが、人相書きを読んだ者に訊ねたりしようものなら、まずいことになる。

風介なら、人に顔を晒しても、怪しまれることはないというわけだ。

そうと決まったら、すぐにも取り掛かりたくなった。

あたりを見廻すと、路地の奥に社《やしろ》の鳥居が見えた。鳥居は傾いており、いかにも寂《さび》れた雰囲気だ。あそこなら、滅多に人も来ないだろう。

「私が忠吉親分の家を探してくる間、長英さまはあそこで待っていて下さい」

風介は鳥居を指差した。

「そうしよう。頼んだぞ、風介」

「はい」

長英が鳥居の下を潜るのを見届けてから、風介は狭い横丁を抜けて大通りへ出た。空が急に広くなった。繁華《はんか》な大通りのずっと先には、山上に聳《そび》えた城も見える。

風介は歩を進めながら、道を訊ねる相手を探した。

忠吉は博徒の親分だ。素っ町人にしか見えない自分が、なんで博徒の親分を尋ねるのか、そんな不審を持たれたくなかった。

不審を持たれたところで、だからどうとも言えないが、どんなことにも細心の注意を払っておくべきだろう。

そうなると、なかなか難しかった。

考えた末に、風介は一軒の居酒屋へ飛び込んだ。夕刻までまだ間があり、居酒屋に客は入っていなかった。

店の親父が奥の台所で俎板《まないた》を鳴らしている。

「おやっさん」

風介は、わざと伝法《でんぽう》な口調で聞いた。口調に合わせ、片眉をちょいと吊り上げてみせる。

「なんだ？」

親父が包丁の手を止めた。客商売とも思えない愛想のなさに、風介は思わず怯《ひる》みそうになったが、

「ちょっと聞きてぇんだが、鈴木の親分さんの家を知ってたら、教えてくれねぇか」

「知ってるが、親分さんになんの用だ？」

親父が、風介をじろじろと見た。

「鈴木の親分さんの噂を聞いてよ、偉い親分さんらしいってんで、子分に加えてもらいたくなってよ。はるばる関東から出向いて来たってわけだ」

「はあ？　お前みたいなへなちょこが、やくざの弟子入りだと」

親父は薄笑いを浮かべた。

「まあそういわずに、頼むよ」

「行くだけ無駄だろうが、この通りを二町行ったところで、辰巳屋《たつみや》の角を右に曲がれ。すぐの三軒目だ」

「ありがてぇ、礼を言うぜ。一家に入ったら、この店を贔屓《ひいき》にさせてもらうぜ」

「ああ、当てにしないで待ってるよ」

鼻の先でせせら笑った親父が、俎板に目を戻した。

風介は居酒屋を出た。まず辰巳屋を探した。大きな酒屋だったので、簡単に見つかった。

そこの角を曲がると、三軒目は路地に面した一軒屋だった。

表戸が開いている。

恐々《こわごわ》、覗き込むと、人の姿はないが、奥から声が聞こえていた。

数人が談笑しているようだが、中味までは聞き取れない
声の主はみんな博徒だろう。そう思うと腰が引けた。勇気を振り絞って玄関に入った。

「ごめんください」

案内を乞《こ》うた。我ながら、蚊の泣くような声だった。もう一度、大きな声を張っ

た。

どかどかと足音がして現れたのは、いかにも博徒という強面だった。

しかも眉毛がない。

そんな男がなにも言わず、目を眇《すが》めて風介を見た。頬が引き攣ったのが、自分でもわかった。

「……鈴木の親分さんのお宅は、こちらで間違いないでしょうか？」

おずおずと切り出したが、男は否とも応とも言わない。

掌が、じっとりと汗ばんだ。このまま引き返したくなった。長英と一緒に来れば、なんとかなるだろうとも思う。気がつくと、踵で後退りしていた。

「お前《め》ぇ、どこのもんだ？」

やっと男が口を開いた。眉間に皺を寄せている。股の間が、すうすうした。

「こ、こちらに、国定村の忠治さんが御越しではないでしょうか？」

「忠治さん？　うん、もしかしてお前ぇさん、忠治さんと一緒にここへ向かっていたとかいう……」

「そうです。それです。風介といいます」

「なんだ、そうだったのか。堅気《かたぎ》とは聞いてなかったもんで、済まなかったな」

強面が頭を下げた。

「いえ、そんな」

「いいから上がんな。忠治さんはもう来ていなさる。また関所破りをやらかしたとかで、親分と盛り上がってるぜ」

「私のほかに、もうひとりいます。近くの神社で待たせているので、呼んで来ます」

「なんなら、俺が行ってきてやろうか？」

「ありがとうございます。でも、お気持ちだけで結構です。すぐ戻って来ますから」

「そうだな。俺が行ったんじゃ、びっくりするだろうしな」

男が眉毛のない顔で笑った。

「これ以上、続けると、死んでしまいますよ」

きのうと同じことを、寛次が言いだした。

「まったく、しぶといな」

三峰は溜息混じりに吐いた。

がくりと頭を垂れた隆仙の顎は、膝の上に重ねた石板にめり込んでいた。石板を五枚重ねるとその高さになるとは聞いていたが、なんども囚人を拷問してきた三峰も、見るのは初めてだった。

これには驚かされた。隆仙は筋金入りの悪党ではない。ただの町医者だ。あの風介など、石抱の責め道具を見ただけで、してもいないことを、ぺらぺらと喋りだした。

それが普通なのだ。ただの町医者が、気絶してしまうような痛みに耐え、しかも悲鳴はおろか、ひと言も発さないほうが、よっぽどおかしい。

長英を匿ったことを吐けば、隆仙は罪を問われることになる。そのために頑張っているのは間違いないが、それにしても並外れた気力の持ち主だ。

もし悪の道へ進んでいたら、悪党としてさぞかし名を馳せたことだろう。善人にしておくのが惜しい逸材だと、三峰は奇妙な感慨すら覚えていた。

それはそうだが、退屈でもある。まるで無言の行だ。そんなものを端で見ていて面白いはずがない。泣け！　喚け！　もっと苦しめ！　なんど檄《げき》を飛ばしたくなったことか。

「もういい。止めろ」

「へえ」

寛次がホッとしたように答えた。拷問はする側も疲れる。途中から岩も加わっていたが、寛次の負担は大きかった。

「俺は明日、江戸へ戻る」

「もう、戻られるので？」

「長英は間違いなく奥州へ向かった。そのことを、いちはやく鳥居さまに報告しようと思ってな。寛次、お前はここに残って続けろ」

「責め問いをですか？」

「ほかになにがある。詰所の者に話はつけておくから、協力してもらえ。こいつが吐くまで続けろ。いいな？」

死神の導きだと思って意気込んでやって来たが、わかったのは長英が奥州へ向かったことだけだ。

だが、ここでやるべきことは終わったと、三峰は心のどこかで感じていた。確信はない。ないが、むしろ死神は自分になにかを悟らせるために、ここへ使わしたのではないのか、そんな思いがしきりと湧いていた。

江戸へ戻れば、その答えがあるとも。

「へえ、承知しました」

寛次は答えた。その声には明らかに不満げな響きがあったが、三峰にはどうでもよかった。そそくさと詰所を出て、旅籠へ向かった。

さすがに今朝のことで懲りていた。辻斬りをしたいとは思わなかった。


「客人、もっといきねぇ」

隣に座った喜平《きへい》が、風介に酒を勧めた。例の眉のない男である。

風介はただでさえ酒が強いほうではない。猪口《ちょこ》に二杯で、すでに物が二重に見えるようになっていた。

「もう、じゅうぶん戴きました」

鄭重《ていちょう》に断ったが、

「若い者が、なにいってんだ」

喜平は徳利《とっくり》を引っ込めようとしなかった。俺の酒が呑めないってのか、そんな風に凄《すご》まれたわけではない。喜平は一生懸命に客人をもてなそうとしている。断るのも失礼だと思い直して、風介は杯を差し出した。

なみなみと注がれた。

「ありがとうございます」

溢れそうになった猪口で、風介は徳利を押し戻した。

「先生もどうぞ」

喜平が長英にも勧めた。長英は躊躇《ためら》うでもなく、手にした杯を、くいっと飲み干した。干した杯を喜平が満たす。

「先生、いい呑みっぷりで」

忠吉親分が、顔を皺だらけにして微笑んだ。

風介は江戸にいた頃、近所に住んでいた老人を思い出した。娘夫婦と長屋で同居していた老人は隠居《いんきょ》の身で、よく猫を抱いて縁側に座っていた。そんなときに老人が浮かべる、いかにも穏やかな表情が忠吉のそれと重なっていた。

これが奥州はおろか、遠く関東まで名を轟《とどろ》かせた博徒の大親分であるとは、風介には到底、信じがたいことだった。

事実、鈴木忠吉は俠客《きょうかく》としては異色の存在だった。俠客につきものの喧嘩出入りをせず、堅気を泣かせるような真似をしなかった。むしろ面倒見の良さから広く人望を集めた。

商売の才に恵まれ、さまざまな業種に手を伸ばして大いに利益を上げたが、利益の一部は寺へ寄進《きしん》したり、藩に献金するなどして公共へ還元した。それらの功績から名字帯刀《たいとう》を許され、奉行所から十手も預かっていた。

いま風介は、敷地の一番奥にある土蔵の中にいる。五人で酒盛りをしていた。土蔵とはいっても中は座敷になっているという、人を匿うために造られた土蔵だった。

外とは隔絶された土蔵だけに安心感もある。

この一月あまりの緊張から解き放たれ、風介は久しぶりに穏やかな気持ちを味わっていた。

長英も久しく見せなかった笑顔を終始、浮かべていた。酒好きの長英は、水を飲むように杯を重ね、呑むたびに上機嫌になった。

その長英が風介に顔を向けた。ここへきて良かったな、と無言で語っていた。

風介も黙って頷き返した。

忠吉に「いつまでもいて下さい」と言われていた。そしてこの歓迎の宴《うたげ》。長英と風介にとって、忠吉はまさに地獄で会った仏だった。

「そうそう、先生、江戸にいる米吉に文を出すことにしました。ご無事に着かれたと知れば、米吉もさぞ喜びましょう」

忠吉が言った。長英と直接の知り合いである米吉は江戸にいた。切放しがあったことや、長英が脱獄したのは当然、知っており、長英の行方を江戸で懸命に追っているという。

「それはぜひ、報せてやって戴きたい。いや、風介が手配されていないことも気になるので、その文はわしが書きましょう。調べてもらうよう頼んでみよう」

「わかりました。あとで紙と筆を持って来させましょう」

「お願いします」

長英が頭を下げ、

「お願いついでといってはあれですが……」

言いにくそうに続けた。

「なんなりと、私に出来ることであれば」

忠吉が促した。

「牢獄を脱しようと決意したのは、どうしてもやりたいことがあったからです。ひとつは母に会うことで、それはもう果たしました。あとひとつは……」

ふいに渇《かわ》きを覚えたように、長英が杯を干した。

「西洋の書物を翻訳したかったからです。それも兵書《へいしょ》を」

「そのことなら、米吉から聞き及んでおります。先生は異国の兵法を詳《つまび》らかにすることで、この国に尽力なされたいとか。私はそれを聞き、先生のような方を、けして牢獄で朽ち果てさせてはならぬと思ったものです」

思っただけではなかった。忠吉は長英の赦免《しゃめん》を求める運動にも参加した。知り合いの藩士に、長英という有徳の士を、藩が引き取るべきだと説いて廻りさえしたのである。

忠吉の影響力は大きく、仙台藩内部でも長英を求める空気が高まった。藩を通じて幕府に対する働きかけも始めたが、町奉行の鳥居にことごとく潰された。

「欲しい。喉から手が出るほど欲しい。忠吉どのお力で、西洋の兵書を集めてはもらえないでしょうか？」

「喜んで、お力添えをさせて戴きます」

忠吉が快諾した。

「もっとも私めには、どの西洋の書物が兵書であるかも、さっぱりわかりませんが」

「私も、いまどんな兵書が出回っているのか、よく知りません。それが仙台で入手できるかどうかも。兵書のことも文で伝えてみることにします。米吉なら、江戸の知り合いからあれこれ情報を集めてくれるでしょう」

一生懸命、聞き耳を立てていたが、風介にはわからない話になっていた。急に眠気を覚えた風介は、頰をつねって睡魔を堪《こら》えた。

我慢したと思ったが、しばらく眠ってしまっていた。

酒盛りがお開きになっていた。忠吉の姿はなく、酔い潰れた長英と忠治に喜平が夜着をかけてやるところだった。

「あ、すみません、手伝います」

風介が身を起こそうとすると、

「いいから、風介はそのまま寝てな」

風介の体には、もう夜着がかけられていた。

「ありがとうございます」

礼を言いつつ、風介は再び、寝入った。

浅草寺《せんそうじ》の裏手。昔、一家五人が惨殺され、いま廃屋《はいおく》となった家。誰も知らない三峰の隠れ家――。

その一室で、三峰は黴臭《かびくさ》い空気に辟易《へきえき》していた。

ここに来るのは久しぶりだった。屋根に穴が開いて、雨水で畳が腐って黴だらけになっていた。

踏むと畳がじゅくじゅくする。床板まで腐っているかも知れない。体重を掛けないように、三峰は慎重に歩を進めた。

部屋の壁に、廃屋に不釣合いな箪笥《たんす》がぽつんとある。惨劇があった際、血糊《ちのり》が付着したせいで気味悪がられ、放置されていた。

以前はその箪笥の引き出しに、戦利品を納めていた。人を殺すたびに、現場から、なにか一品持ち去って戦利品にしていた。

ある日、全部焼いてしまったので、いまは引き出しは空になっている。戦利品はもうないが、殺しの際に着用する着物は手付かずで残してあった。いろんな人間に化けてきたので、何種類かある。

ここへ来たのは、それがあったからだ。衣服を替えるのが目的だった。

復路も川越舟に乗った三峰は、夕刻前に浅草花川戸の船着場に着いた。そこから舟を乗り継いで八丁堀の自宅へ帰るつもりだったが、ふと、気になりだした。江戸を留守にしている間に、風介がおみよのところに現れたかも知れない。いったん気になりだすと、確かめずにはいられなくなった。

同心の身形ではまずい。目に付いてしまう。かと言って、自宅に帰って出直す気にはなれなかった。古着でも買って誂えるかと思ったとき、この隠れ家のことを思い出したのだ。

上から三番目の引き出しを、そろそろと開いた。

着物も腐っていないかと心配だったが、大丈夫だった。ぎっしりと詰まった着物は、鼻を近づけても黴た臭いはしなかった。

着物を選んだ。きょうも浪人に化けることにした。

三峰は着替える前に、袂に納めてあった三本の髷を包んだ懐紙を取り出した。引き出しの一番上を開いて、鄭重な仕草で安置した。

引き出しを閉じて黙禱《もくとう》を捧《ささ》げた。みなみなさま、成仏、めされよ。

着替えを終えると、すぐに隠れ家を出た。外はまだ明るいが、急いだ。

上野広小路に出ると、おみよの家の前をゆっくりと歩いた。表戸は閉まっていて、中の様子もまったくわからなかった。留守かと思いつつ、なんどか行ったり来たりを繰り返した。

そうするうちに、夕闇が迫ってきた。やはり留守かと諦めかけたとき、ふいにおみよが外へ出てきた。

もともと小柄ですらりとしていたが、それがいまや、げっそりとして見えるほど痩せている。まあ、そうなって当然だろう。おみよは風介が死んだと思い込んでいる。

小町と呼ばれた愛嬌《あいきよう》のあった顔も、別人のごとく変わっていた。なにが楽しいのか、いつも微笑んでいたあの顔が、三峰には懐かしくすら思えた。

だが、そうなってもなお、おみよは美しかった。

いや、以前より美しくなったかも知れない。もっともそれは、死病にかかって命の炎が消える寸前の女が見せる、ぞっとするような美しさと同種のものだったが。

あとを尾《つ》けた。

おみよは、夕飯の買い出しに出ていた。近所の店を数軒廻ってから、家のほうへ戻り始めた。

三峰はなに喰わぬ顔をして、おみよと擦れ違った。気になる兆候はない。風介はまだ現れていない。

ホッとすると同時に、三峰は空腹を覚えた。飯屋を探した。貧乏浪人が入りそうな一軒を見つけて入った。

明らかに水で薄めたと思われる酒を飲み、つまみをいくつか喰った。どれもみな不味《まず》かった。

店を出て、さらに広小路をうろついた。人気《ひとけ》が絶えるまでそうした。

結局、この日も風介は現れなかった。

三峰は夜更けた道を、隠れ家へと辿った。隠れ家に着くと、襖を外して腐った畳に重ね、その上で眠った。

翌日は老人に化けて、終日、おみよの家を見張った。これも徒労に終わった。

さらにその翌日も昼過ぎまで粘《ねば》ったが、風介は現れなかった。

その日の晩は、八丁堀の自宅へ帰って寝た。

第三章

三峰は、奉行所に出仕した。まず上司に報告しようとしたが、

「本庄さまがお待ちだ。すぐに行け」

と命じられた。本庄は鳥居の側近の家来である。鳥居が大間木村でのことを、早く耳に入れたがっているのだろうと三峰は受け取った。

すぐに本庄の役部屋へ向かった。あてがわれた六畳の個室に、本庄はひとりでいた。

三峰に気づくと、

「どうだった？」

さっそく本題に入った。鳥居に仕えてきただけに、本庄も無駄な遣り取りに時間を費やさない。

三峰は要点を掻い摘んで報告した。すなわち、長英が切放しの直後に大間木の隆仙の元を訪ねたこと、そしてとうに立ち去り、奥州水沢の母親の元へ向かったことをである。

それが自分の推測であり、隆仙が自白して認めたわけではないと正直に語った。また隆仙から自白を引き出すために、厳しい取調べを続けさせているともつけ加えた。

相手によっては、三峰の行動を先走りしたものと受け取る者もいるだろうが、本庄なら問題はないと予測していた。

本庄とは、まだ数えるほどしか会ったことがないが、三峰はなにかと後ろ暗い噂のある本庄に、自分と似た臭いを感じ取っていた。もしかしたら、同類かも知れないとすら思っている。

本庄は死神の眷属である鳥居の補佐役であり、それゆえ、鳥居に重用されているのではないかと。さすがに確信まではなかったが、

「道理で、江戸をいくら探しても、見つからぬわけだ」

本庄は三峰の報告に、まったく異をさし挟まなかった。本庄が同類かも知れぬと

いう思いを、三峰はますます強くした。

「すでに水沢にも、長英はいないと思われます」

「となると……鳥居さまは異国かぶれの長英だけに、蝦夷地《えぞち》を抜け、オロシアまで逃げる可能性があると申されていた。その予測が俄かに真実味を帯びてきたようだな」

「なんとオロシアですか」

それには驚いたが、

「ですが、鳥居さまがそうお考えになったのなら、まず間違いないかと存じます」

「鳥居さまの、見立て違いかも知れぬとは思わぬのか？」

「思いません。なにせ、鳥居さまですから」

「ほう」

感嘆したように発すると、本庄は三峰の目を真っ直ぐ見つめた。

「もしその鳥居さまが、おぬしに折り入って頼みがあると申されたら、どう致す？」

「むろん、喜んで承らせて戴きます」

「それがたとえ、どんな頼みでもか?」

「はい」

「妻子を殺せと命じられても?」

「それが鳥居さまの命であれば」

三峰は躊躇なく答えた。妻子であるかどうか、そこに意味はない。人はみな死ぬ。いつ死ぬかという違いしかなく、すべては死神が決めることだ。

「ご政道《せいどう》に反するようなことでも?」

「鳥居さまが正しいと思われるなら、ご政道のほうが間違っておるという、それだけのことです」

「本心から申しておろうな?」

「なんなら、妻子を殺して参りましょう」

「……わかった。信じよう。じつはな、さるお方を亡《な》き者にしてもらいたいのだ」

「さるお方?」

「わしの口からは言えぬ。いずれ鳥居さまからじきじきに、お話しされるであろう。重きお方であるとだけ、いまは伝えておこう」

「ははっ」

三峰は深々と頭を下げた。零《こぼ》れ落ちた涙が、畳をぽたぽたと鳴らしていた。

「おぬし、泣いておるのか？」

「言葉にできぬほど、嬉しくて……」

重きお方というからには重要人物だろう。誰かは知らないが、そんな大物をあの世へ送る大仕事を与えられた。まさに大抜擢だ。死神の眷属として、これほど名誉なこともない。三峰は感無量だった。

――これだったのだ。

とも三峰は思った。隆仙のことでは、さしたる成果があげられなかったが、なぜか、これでいいと心のどこかで感じていた。あのままずるずると鴻ノ巣に留まっていたら、この大役を授かることはなかった。心の声に従い、江戸へいち早く戻って正解だったのだと。

――きっと俺のほかにも候補がいたのだ。死神さまの眷属がほかにも。死神さまの声なき声を感じ取れた者だけに、この大役を与えるという試験でもあったのだ。

そして俺は、見事、この大役を勝ちとった！

「事は慎重を要する。入念な準備が必要となる。整い次第、取り掛かってもらうことになるが、それまでの間、おぬしも出来ることをしておけ」

「万にひとつも討ち漏らすことのないよう、さらに研鑽を積んでおきます」

「さらにか。さすが鳥居さまが見込んだだけのことはある」

普段から道場に通って研鑽を積んでいるものと本庄は理解したようだった。まさかそれが辻斬りとは夢にも思っていないだろう。

「ところで、長英の件からは、もう手を引いて良いぞ。あんな小物を追うのに、おぬしを使うまでもない」

「ははっ」

三峰は再度、額《ぬか》ずいた。こんどは畳を涙で濡らすことはなかった。

与えられた任務の重さに、身も心も引き締まる思いだった。


ちょきちょきと、小気味良い音が響く。

「やっぱり、いいもんだな」

風介はひとりごちた。忠吉の家の中庭で、松の木の枝に鋏《はさみ》を入れている。その音を、楽しんでいた。

梯子《はしご》の下には、緑の針のような松の葉が降り積っている。そこからつんと立ち昇る青い匂いも、たまらなく香ばしい。

二度と植木鋏を握ることはないと思っていた。それも仕方がないと諦めていたが、ある日、外の空気を吸いに土蔵を出たついでに中庭を散策した。

忠吉は庭のことなど関心がないらしく、植木の手入れがなされていなかった。雑木林のように荒れていた。

ぼうぼうに茂った植木たちが、風介に助けを求めているように感じられた。

その瞬間、封じていた思いが甦《よみがえ》った。もう一度、植木鋏を握りたい……。

忠吉に頼んでみた。ふたつ返事で承諾された。

「庭弄《いじ》りを楽しむつもりで造らせてはみたが、どうも面倒臭くて性《しょう》にあわない。職人を入れなきゃならないと思っていたが、それもついつい先延ばしになっていた。やってくれるっていうなら、願ったりかなったりだ」

老後の楽しみに自分でやるつもりだっただけに、道具は揃っていた。しかも、金持ちの忠吉は職人でも買えないような高価な道具を、価値もわからず買い揃えていた。

さすがに錆《さび》が浮いていたので、砥《と》ぎが必要だったが、風介にとっては、それすら楽しいことだった。

それから毎日、朝から晩まで庭仕事をしている。べつに納期があるわけでも、ほかにすることがあるでもない。終わってしまうのを惜しむ気持ちもあって、風介はゆっくりと丁寧な仕事をしていた。

そんなところへ、

「おーい、風介」

喜平が現れた。眉のない顔にもすっかり慣れた。それに喜平は見かけとは違い、親切で優しいところのある男だった。

「なんですか?」

「江戸の米吉さんから文が届いてよ、そのことで先生が呼んでなさるぜ」

「はーい」

風介は梯子を下りた。中庭を横切って土蔵へ入った。

「おう、風介」

土蔵の入口から差し込む光で、文机に向かっていた長英が面を上げた。このところ、長英は忠吉が掻き集めてきた西洋の書物を読み耽《ふけ》っている。求める兵書は仙台では一冊も見つからないが、蘭語を読むだけでも楽しいらしい。忠治は土蔵の二階で寝ている。忠治は夜ごと出歩いて、賭場や飲み屋で過ごしていた。朝帰りして、昼間は眠っている。

「江戸から報せがあった。風介、驚くなよ」

長英が前置きした。驚くなよと言うからには、驚くような内容なのだろう。思わず、風介は眉根《まゆね》を寄せた。

「お前は死んだらしいぞ」

「は？」

「牢獄の火事で、焼け死んだことになっているそうだ」

「私がですか？」

「お前がだ。そして言うまでもなく、手配されていない」

「そんな馬鹿な。いったいどういうことなんです？」

「死骸はひとつしかなかったそうだ。顔がわからぬほど焼け焦げていたらしい。また、切放しのあとで逃げたほかの囚人たちは、すでにみんな捕まった。そこから逆算しても、焼け死んだのは清吉以外に考えようがない」

「ちょっと、待って下さい。切放しになったあと、私は三峰に見られてますよ。あれはどうなるんです？」

見られたどころではない。長英とふたり纏めて殺されそうなった。それを辛うじて切り抜けたのだ。

三峰は風介が牢獄で焼死していない事実を知っている。同心である三峰が、それを奉行所に報告しないはずがない。なのになぜ奉行所は、ひとつしかない焼死体を風介だと断定したのか？

「そうなった理由は三つ、考えられる」

風介が来る前に、長英はすでに考えを巡らせていた。

「三峰は、お前がなぜか小伝馬町の牢獄へ戻り、あらためてそこで焼け死んだと思った……」

三峰自身が、風介が焼死したと誤解して奉行所に報告した。いちおう筋は通るが、

「無理がありますね。小伝馬町へ戻るくらいなら、回向院に向かいますよ。それに

もし、小伝馬町へ戻っていたとしても、火事が納まっていたはずです。焼け死にしたくても、できっこありません」

風介は軽口まじりに否定した。長英自身が、この解釈《かいしやく》を妥当とは考えていないと察している。その長英が続けた。

「あるいは、三峰が奉行所に虚偽の報告をしたか」

「そっちのほうが、ありそうな気がします」

三峰こそが、風介に濡れ衣を着せた張本人だった。まともな同心ではない。襲ってきたときも、奇妙なことを口走っていた。頭が変だとしか思えなかった。

なんの目的があってか、それはわからないが、あの三峰なら奉行所に、虚偽の報告をするぐらいのことは平気でやってのけるだろう。

「わしもそう思うが……」

と、長英が言葉に含みを持たせた。まだ三つ目の理由が残っている。

「続きを聞かせて下さい」

「鳥居が張った罠《わな》だ」

「罠？」

「脱獄したのに死んだと断定され、手配もされなかった。お前は次にどうしたい？」

「さあ、唐突すぎて、まだなにも思いつきません」

「自分ではなく、そんな囚人がいたらと考えてみろ」

「もう追われなくなった、びくびくしなくていい。そう思ってホッとするでしょうね」

「その囚人に、どうしても会いたい者がいたら？」

「さすがに、人目は避けるでしょうが、こっそり会いに行くかも」

答えつつ、風介は脳裏に、おみよの顔を浮かべていた。と同時に、

「会いに行った囚人が捕まる。そういうことですね」

長英の言う罠の意味が閃いた。

「呑み込めたようだな」

「ええ」

鳥居は嘘の手配書を回してまで風介を、ひいては長英を捕らえようとしている。

気がつくと鳥肌が立っていた。風介は鳥居の怖ろしさを肌で感じていた。

「そしてその囚人の口から……」

長英が言いよどんだその先を、

「……長英さまの居場所がわかってしまいます」

風介は繋ぎ、

「もし私が捕まっても、けして喋ったりしませんが」

と付け加えた。

「あくまで推測だ。もっと違う理由があって、本当にお前は死んだと思われているのかも知れない」

長英が言ったが、これは絶対に罠だと、風介は確信した。

「……それにしても、亡骸まで利用されたなんて、清吉さんが気の毒すぎる」

清吉が死んだことは、家族にも知らされていないだろう。しかも清吉は、してもいない脱獄の罪を着せられた。そう思うと風介は、怒りすら覚えた。

それは清吉を哀れむ純粋な気持ちから出た言葉だったが、

「清吉が死んだのは、わしのせいだ」

長英が顔を曇らせた。

「すみません、そんなつもりで言ったのではなかったのですが……」

「わかっている。だが、事実は事実だ」

牢獄の火災は、長英が放火させたことによって起きた。清吉は逃げ遅れて焼け死んだ。たしかに、清吉の死に長英は責任がある。

「悪いのは私です。私のことさえなかったら、長英さまは脱獄を思い留まっていました。だからあのとき、私さえ、いなければ、こんなことには……」

「いや、それは違う。お前のことがあろうがなかろうが、わしはいずれ脱獄した。それをすることで、誰かが死ぬとは考えもせずにな。わしは自分のことだけしか考えない、ただの愚か者だ」

「そんなことはありません。長英さまは、いつもみんなのことを考えていたじゃないですか」

「みんなからよく思われたかっただけだ。結局、自分だ」

長英は己を責め続けた。

「ちょっといいかい、おふたりさん」

土蔵の二階で寝ていた忠治が目を醒まして、階段口から顔を覗かせた。

「すみません。起こしてしまって」

煩くしたのを咎《とが》められたと思い、風介は謝ったが、忠治は首を横に振った。階段をとんとんと降りてきて、ふたりの前で胡坐《あぐら》をかいた。

「文句を言いたいんじゃない。それどころか、話を聞いてて泣けてきたぜ」

「泣けてきた？」

長英が首を傾げた。

「風介はしてもいねぇ罪を被せられて、酷い目に遭った。それでも清吉のことを気の毒がってる。俺からすりゃあ、とんでもない善人だ。先生は先生で、良かろうと思って、お上に意見した。尻の穴の小せぇお上に睨まれて、牢獄にぶち込まれた。それでもお国のために尽くしたいと、捕まれば死罪になるのを覚悟で牢獄を抜け出した。自分のことだけを考える人間に出来ることじゃねぇ。上手く言えないが、とにかく俺は……」

忠治は込み上げる気持ちを抑えきれなくなったかのように、天井を仰いだ。

「……もし自分が清吉だったら、お前さん方をけして恨んだりしねぇ。自分に運がなかったと思うだけだ。そんなことより、悪いことをしたと後悔しているなら、俺の分まで生きてくれって……」

忠治の頬を涙が伝い落ちた。それを見て、風介と長英はしんみりとなった。

「忠治のいう通りだ。わしと風介で、どちらが悪いと言い合ったところで、清吉は戻ってこない。むしろ済んだことを、いつまでもぐだぐだ言い合っているわしらに、あの世にいる清吉が嘆《なげ》くかも知れないな」

長英の湿った声に、

──そうだ、清吉さんの分まで生きないと。

風介も心の声を重ねていた。


黒塗りの駕籠が、料亭の裏門から出てきた。

担ぎ手は四人。大きな駕籠という以外、これという特徴はなく、紋も入っていない。

だが、三峰はこの駕籠を、はっきりと記憶していた。

今夜、獲物がこの料亭を訪れるという本庄茂平次の情報は間違っていなかった。

三峰の心の臓が、どくんと跳ね上がった。

目当ての駕籠が現れたことは無論だが、それだけではない。前回は数名もいた護衛が、なんと、たったふたりだ。

仮にも幕府の中枢《ちゅうすう》を預かる者が、お忍びとはいえ、こんな軽率な行動を取っていいものだろうか。驚きを通り越してむしろ呆れるばかりだが、それは三峰にとって、幸運という以外、なにものでもなかった。

鳥居が三峰に依頼した殺しの標的は、なんと天下の老中《ろうじゅう》・水野和泉守忠邦《みずのいずみのかみただくに》だったのである。

知らず知らずのうちに、三峰の脳裏にあのときの鳥居の言葉が蘇っていた。

「わしはこの国を改革して、正しい方向へ舵取り出来るのは忠邦公のみと信じ、粉《ふん》骨砕身《こっさいしん》、尽くしてきた。あの方のお蔭で、身に余る栄達《えいたつ》に与ることもできた。実際、あの方が取ってきた政策は素晴らしいものばかりだった」

遠くを見るような目で、鳥居は語り始めたものだった。

「しかし、権力は人を狂わせる。あの方ですら、例外ではなかった。権力を操るうちに、道を踏み違えられた。わしは天下国家のために、あの方に反対した。恩人を裏切った者として、世間のそしりを受けるのを覚悟の上でな」

鳥居が反対したのは、忠邦が断行した上知令《じょうちれい》だった。江戸・大坂十里四方にある大名、旗本の領地を幕府に返上させるという誰からも歓迎されない愚策《ぐさく》だった。鳥居は忠邦に背《そむ》いて、上知令撤廃《てっぱい》に動いた。そして上知令は撤廃され、忠邦は老中を罷免《ひめん》になって幕閣を追われた。それが去年閏九月。

「覚悟はしておったが、世間とは浅はかなものだ。わしは裏切り者と後ろ指をさされ、妖怪とまで呼ばれるようになった。さすがに辛かった。それでもあの方が権力を失ったことは、天下国家のためには良かったと、自分を慰めてきたものだ」

が――。

罷免から十ヶ月経ぎたこの六月、忠邦が突如、幕閣に返り咲いた。

「権力の味が、忘れられなかったのだろう。あの方は、老中の座を賄賂《わいろ》で買い戻された」

鳥居は、悲しげにかぶりを振り、

「わしはあの方に恨まれている。おそらくわしを放逐《ほうちく》されるであろう。そのことはいい。わしがどうなろうと、そんなことはどうでもいいことだ。問題は天下国家だ。あの方が再び舵を取れば、この国は滅んでしまう。それを思うと、わしは夜も眠れない。なんとかせねばならぬ。考えに考えた結果、方法をひとつしか思いつかなかった。あの方に……」

鳥居はそこで言葉を切った。

「承知、致しました」

三峰は迷うことなく即答した。鳥居の弁がいかに己に都合のいいものであるかはわかっていた。鳥居が浅はかと決め付けた世間の見方のほうが、正鵠《せいこく》を射たものであるとも。

だが、そんなことはどうでも良かった。

鳥居は天下国家のために働いているのではない。もっと大事な使命を帯《お》びている。死神の眷属であり、死の実行者なのだ。

奉行の職など、使命をすみやかにかつ効率良く実行するための隠れ蓑《みの》に過ぎない。

その鳥居から依頼された仕事とは、つまり死神から与えられた仕事だ。躊躇う理由は三峰にはなかった。

「このような、人にもいえぬ仕事を押し付けて、本当にすまぬ」

鳥居は謝ったが、

「とんでもない。私にこのような大役を与えて下さり、感謝の念にたえません」

三峰は歓喜をもって応じた。三峰は感動のあまり、涙すら浮かべていた……。

——おっと。

回想にふけっている場合ではなかった。

三峰は、足音を殺して駕籠を追い始めた。

追われているとも知らず、一行は西本願寺《にしほんがんじ》の門前を通り過ぎて二ノ橋《にのはし》へと進み、真西に忠邦の屋敷へ向かっている。ふたりの護衛は駕籠の左右、それぞれ提灯を手にしていた。

ふいに、駕籠の左側にいたそのひとりが、後方を振り返った。

三峰は思わず首を竦めたが、護衛はなにごともなかったように、前へ向き直る。

気づかれなかった。黒装束《くろしょうぞく》に、黒い頭巾を被った三峰は完全に闇と同化していた。

二ノ橋を渡れば、次は三十間堀《さんじっけんぼり》川に架かる木挽橋《こびきばし》となる。三峰は先回りすることにして脇道に入った。しばらく歩いてから走りだした。

このあたりの地理は、己が掌のように熟知している。途中で迷うこともなく、三峰は木挽橋の東袂に出た。

こちらへ向かってくるはずの駕籠が、なかなか現れない。三峰はやきもきしながら待った。豆粒より小さい提灯の明かりが見えたときには小躍りしかけた。

かすかな物音も聞こえるようになった。夜分だけに、陸尺《ろくしゃく》もあたりを憚《はばか》って吐息のような掛け声しか漏らしていなかった。

あと二町になったとき、三峰は橋の袂に設けられた石段を数段下って身を隠した。用意しておいた紐を取り出して着物の裾をからげた。紐も、もちろん黒だった。

準備を終えた三峰は、息を殺して音を拾った。

駕籠が近づく足音が次第に大きくなり、橋の手前、数間に達した。

三峰は、駕籠が橋に差し掛かったところで真横に躍り出て、不意討ちにするつもりだった。

護衛は左右に分かれている。そのうちのひとり斃せばいいのだ。もうひとりの護衛が襲撃に気づいて駆けつけても、間に合わない。そのときにはもう三峰は、駕籠の扉を開け放ち、獲物の始末を終えている。

瞬《まばた》きするほどの間に仕事を成し遂げたら、あとは逃げるだけだ。

おそらく追われることもないだろう。残った護衛は三峰を追うより、血塗れになった主を救おうとする。すでに手遅れになっているというのに、だ。

駕籠がさらに近づいた。四人の陸尺の歩調はぴたりと揃っている。

その単調で正確な響きには、刺客に襲われることもあり得ると予想しての緊張感というものが、まったく感じられなかった。

——さあ、来い。さっさと橋を渡れ。そしてあの世へ逝け！

三峰が大刀に左手を添えたそのときだった。

「止まれ！」

突然、大声が響き渡った。がたごとという音が続き、駕籠が地面に据え置かれた。

いったい、なにが起きたのかと、三峰は訝《いぶか》った。

「曲者《くせもの》、出て来い！」

これには、全身から冷たい汗が噴き出した。しまった、悟られた！

刹那、乱れた足音が、橋の下に潜んだ三峰を目指して押し寄せてきた。

体は勝手に動いていた。目論見《もくろみ》は崩れたが、三峰の殺しの本能が発動していた。

三峰の本能は任務の遂行を諦めていなかったのだ。

だが、向かって来る敵を見て、三峰は思わず目を瞠《みは》った。なんと陸尺だった。棒を両手に、四人で突進してくる。

怯みかけたが、それでも三峰は大刀を高く掲げた。

「うおりゃー」

と気合を発した。殺気を浴びせて陸尺を威嚇《いかく》した。

数を頼んで掛かってきたまではいいが、所詮《しょせん》、陸尺だ。殺気を浴びれば、尻込みするものと侮《あなど》った。

しかし陸尺は怯まなかった。ぱっと散開すると、堀を背にした三峰の前面を塞いで逃げ場を消した。

四人それぞれが、姿勢を低く構えた。その構えに、まったく隙がない。

ただの陸尺ではなかった。いざというとき、護衛に早替わりするよう訓練を施されている。さすがに三峰も悟った。

護衛の武士は駕籠のそばに留まっていた。提灯を高く掲げ、三峰のほかに刺客がいないかと周囲に目を走らせている。

「わっ」

三峰は思わず後方へ飛び退いた。喉元に伸びてきた棒の先を、辛《かろ》うじて躱《かわ》した。駕籠に気を逸らした、わずか一瞬の隙を突かれていた。

三峰の踵が、堀の石垣の縁にかかった。あと一寸、後退すれば堀へ落ちる。前へ出ようと三峰は焦った。

と、そこへ、

「えいっ」

さらに棒が襲ってきた。もはや、どの陸尺が攻撃してきたのかもわからなかった。

三峰の目前に火花が散った。

棒で頭を殴られた三峰は、くらくらとよろめいた。その三峰の足を、間髪《かんはつ》容《い》れず、別の棒が撫で払った。

三峰は宙に浮いた。地面には落ちず、虚空《こくう》を落下し続けた。足から川に呑み込まれ、垂直に沈んでいった。

夢中で水を掻くが、大刀が邪魔をした。いまや大刀は錘《おもり》に変わっていた。

そのことにやっと気づいた三峰は、大刀から手を放した。

なんとか浮き上がった。頭が水面に出たが、こんどは濡れた覆面が邪魔になり、息が出来なかった。

覆面を剥ぎ取ろうと躍起になった。そのせいで、せっかく浮かんだ体がまた沈んだ。

水中でもがきつつ、三峰は顔に張り付いた覆面を掻き毟《むし》った。

爪で覆面が破れた。綻《ほころ》びに指を入れて、引き裂くことができた。

息苦しさはすでに頂点を越えていた。視界は真っ暗なはずだが、なぜか真っ白に見えた。

上下の区別も失った三峰は、ただ必死で水を掻いた。

その指の先が、なにか固い物に触れた。三峰は手を伸ばしてしがみついた。

太くて丸いもの、橋の支柱だった。

木登りをする要領で支柱を這い登った。再び水面に顔が出て、やっと息が継げた。

だが、ほっとする間もなかった。

「どこだ？　どこへ逃げやがった」

「下流には見あたらないぞ」

「まだ橋の下に隠れているんじゃないのか」

「暗くてなにも見えない。誰か提灯を持って来い」

口々に言い合う声が頭上に響いてきた。三峰は反射的に顔を上げた。

暗闇でも顔は目立つ。

「あそこだ！　あそこにいるぞ」

見つかってしまった。しかもその声は、上ではなく横だった。陸尺のひとりが、
水際まで、堀の階段を下りていた。

ぎくりと体が竦んだのと、頭上から光が投げかけられたのが同時だった。

咄嗟に息を吸い込んで、橋の支柱に抱きついたまま身を沈めた。

上目遣いに水面を見上げると、川の面を光が掃いている。

目を凝らすと、歪んだ水の向うに丸い提灯、そして橋の欄干《らんかん》に並んだ人の頭まで見えた。

ふいに、三峰の眼前で水面が弾けた。ずぼっという音とともに、泡の筋が目の前を走った。

石礫《いしつぶて》だった。明らかに三峰を狙って投げたものだった。

三峰は頭上を窺いつつ、橋の支柱をたぐってさらに身を沈めた。提灯の光が届か

ない深さに達すると、濠《ごう》の流れに乗って泳ぎだした。

息が続く限り、泳ぎ続けた。それから浮上して、木挽橋へ振り向いた。

橋から二十間遠ざかっていた。橋の上で提灯と人影が右往左往している。

見つかっていなかったが、油断する気にはなれなかった。

三峰は大きく息を吸い込むと、また水に潜った。なんどか息継ぎを繰り返して新《あたら》シ橋《しばし》に至った。

堀から上がった。

そのとたん、陸尺に殴られた頭にずきっと痛みが走った。

まるで頭の骨に罅《ひび》が入ったかのような鋭い痛みだった。

「ううっわっ……」

あまりの痛みに三峰は両手で頭を抱えた。くらくらと眩暈《めまい》がした。足元が揺れたとき、三峰の意識が空白になった。

気がつくと、自宅の裏木戸の前に立っていた。

自宅へ戻ろうと思ったのは覚えている。また戻ろうと思った理由も。

が、なぜか間の記憶が、すっぽりと抜けていた。頭痛も治まっていたが、三峰は頭痛を起こしたことすら忘れていた。

裏木戸の閂《かんぬき》は、ふだんから下ろしていない。三峰は帰宅が遅くなることが多いので、いつも家人にそうさせていた。

ここは八丁堀だ。町方の屋敷に盗みに入る度胸のある泥棒はいない。

屋敷は寝静まっていたが、起こす気もなかった。

三峰はひとり静かに死ぬつもりだった。

とんでもない失敗を犯してしまった。死神に命じられた殺しをしくじった。おめおめと生きていられるはずがない。

母屋へは入らず、庭の隅にある蔵へ向かった。扉の手前に並んでいる植木鉢のひとつを持ち上げて、隠してあった鍵を拾い上げた。

蔵の錠前を解いて中へ入った。

火打石と蠟燭《ろうそく》は常備してある。手探りで火を作り、蠟燭を灯した。

扉を中から閉じて、三峰は床にへたりこんだ。

へとへとに疲れていたが、なにより失敗に気落ちしていた。

そうだ、失敗したのだ。あらためて三峰は思った。後悔の念が怒濤《どとう》のように押し寄せた。

その波に煽られたかのように、三峰は床へ倒れこんだ。

――早く死なねば。腹を切らなくては。

気持ちがあっても、起き上がることもままならなくなった。そうする気力すら尽き果てていた。

ちゅぱ、ちゅぱ。

いつのまにか三峰は、体を丸め、指をしゃぶっていた。

そうしていると不思議な懐かしさと心の落ち着きを得ることができた。

ちゅぱ、ちゅぱ、ちゅぱ。

その音に誘われるように、三峰は深い眠りに落ちた。


「……悪い報せだ」

鳥居が顔を歪めて言った。

「悪い報せ？　まさか」

顔色を変えた本庄が声を甲高くした。慌ててあたりを窺い、人気がないのをたしかめた。

「そのまさかだ。三峰は水野の駕籠を木挽橋で襲ったが、掠《かす》り傷ひとつ負わせることができなかった……」

鳥居は老中暗殺の首尾を見届けさせるために、三峰には内緒で密偵を張り付かせていた。ついさっきその密偵から報告を受けた鳥居が、別室に控えていた本庄を呼び出したところだった。

密偵とはあの寛次である。寛次は大間木に残って隆仙の尋問を続けていたが、一向に口を割らない隆仙を持て余し、とっくに江戸へ戻っていた。

後日談になるが、隆仙は一月に及ぶ激しい拷問に耐え、長英について一切供述しなかった。結局、釈放されるが、二度と自分の足で歩くことができなくなったという。

事が事だけに、鳥居は老中の暗殺計画に、ごく少数しか関わらせなかった。本庄、三峰、そして寛次のほかは、根岸才蔵《ねぎしさいぞう》という腹心の家来のみという、鳥居を含めても総勢、五名だった。

三峰には、寛次と根岸が関わっていることも教えていない。

「護衛はたったふたり、まさに好機であったはず……」

本庄が、まだ信じられぬという顔で、かぶりを振った。

「その好機を逃したのだ。とにかく水野は無事だ。老中に返り咲いたのみならず、なんとも悪運の強い奴……」

鳥居が膝に当てた手を、わなわなと震わせた。

「まことに申し訳もなく」

本庄が低頭したが、

「もう駄目だ。わしはすべてを失ってしまう」

鳥居は力なく顔を伏せた。

「諦めるのは早うございます。先手を打つ暇が、まだ残されておるはず……」

「馬鹿な。六月に水野が老中に復職してから、もう三月になるのだぞ。わしを葬《ほうむ》るために、あの水野は三月もかけてきたのだ」

復職と同時に、水野に報復されるものと、鳥居は当然、予想していた。それだけの怨《うら》みを買っている。町奉行の役職を解《と》かれるくらいは覚悟していた。

だが、水野はすぐに手出しをしてこなかった。しきりと鳥居の身辺を探らせ、情報を掻き集めていた。

水野が、町奉行職を取り上げるだけで済ませるつもりはないと鳥居は気づいた。悪行の数々をあばきたて、罪人として処罰せんとしていると。

叩けば埃《ほこり》が出るどころではない。鳥居は事実、真っ黒だった。犯してきた罪状を積み上げれば、腹をなんど斬っても足りないくらいだった。

追い詰められた鳥居は、最後の手段を講《こう》じることにした。すなわちそれが、水野を亡き者にすることだったが、相手は老中、さすがの悪党も躊躇った。

そうこうするうちに、いつ身柄を拘束されてもおかしくないところまできた。それでついに実行に踏み切ったのである。

それが水泡《すいほう》に帰《き》してしまった。

鳥居が捨て鉢になるのも、もっともだった。が、いまは鳥居の愚痴《ぐち》に付き合っている暇はない。

「討手が三峰だということは？」

本庄は話を戻した。

「……三峰は堀に落ち、泳いで逃げた。寛次も姿を見失ったというから、正体は摑まれておらぬだろう。しかしなんといっても、襲われたのは老中だ。なまはんかな探索では終わらぬ。三峰は明日にも捕らえられてしまう」

鳥居はあくまで悲観的だった。虚脱したような表情を浮かべている。それはいつも冷静な、というより冷徹とすらいえる鳥居が、本庄に初めて見せた顔だった。

「そうなる前に、是が非でも三峰を始末してしまわなくては」

「そんなことが出来たら苦労はない」

「出来ますとも。目付は、あくまで老中を襲った賊《ぞく》を追っております。賊の正体を知らず、手間取ることになります。こちらのほうが、断然、有利です」

「それはそうだが、三峰はどこかへ逃げてしまったぞ」

「どうせ屋敷へ戻るでしょう。あるいは、ここへ現れるか。ところで、寛次はどこに？」

「まだその辺におると思うが」

「そうですか、探してみましょう。殿はこちらにおいでください。あとはそれがしに、お任せを」

「うむ」

鳥居は呻くように返事をした。

三峰を抹殺《まつさつ》でき、老中暗殺の容疑から逃れられたとしても、水野が生きている以上、鳥居の窮地は続く。鳥居は三峰のことなど、もうどうでもいい気分になっていた。

本庄は、そそくさと鳥居の前を辞去した。

夜更けのことで、当直の者以外、奉行所に人は残っておらず、寛次はすぐに見つかった。

寛次は根岸と一緒だった。その根岸が、

「本庄さん、どうしましょう？」

寛次からすでに話を聞きこんだらしく、性急に問うてきた。

鳥居に仕えるようになったのは、根岸のほうが先だが、まだ三十前の根岸は、壮年に達した本庄に敬意を払っている。

「おぬしはここへ残っていてくれ。もし三峰が現れたら、適当に言い繕い、引き止めておいてくれ。わしが戻るまで、先走ったことは控えてくれ」

三峰が水野の暗殺を成功させても、いずれ口封じに始末することになっていた。人気のない場所で殺し、穴を掘って埋めるつもりだった。

ここで根岸が先走れば、三峰の死骸の後始末に困る。まさか奉行所の庭に埋めるわけにもいかない。

「わかりました」

と根岸が頷いた。

「では、わしは寛次と三峰の屋敷へ向かう」

本庄は寛次を引き連れ、夜道を急いだ。

「うっ、ううう」

三峰は苦痛に呻いて目を醒ました。

瞼を開いても、あたりは真っ暗なままだった。

痛みは頭蓋《ずがい》の奥にある。両手で頭を抑えても、届かない。まるで頭の中に、異物があるようだった。

ずきずきとした痛みに、言いがたい苛立ちを覚え、三峰は頭を掻き毟った。

「お前は逃げるのか？」

暗闇に突然、声が響いたのはそのときだった。抑揚《よくよう》のない低い声が、蔵の壁に反響しながら消えた。

「だ、誰だ？」

三峰は頭の痛みも忘れて、声の主を探した。頭を振ったせいで、ずきりと来た。どこを向いても真っ暗だった。ただの空耳か？　と思った。

「お前は逃げるのか？」

また声がした。こんどは、はっきりと。これは空耳などではない。

「どこだ、どこにいる？　隠れてないで、出て来い！」

怒鳴った。怒鳴り声が反響して、蔵が呻った。

それが静まると、しーんとなった。耳が痛くなるほどの静寂が来た。

あの声はなんだったのだ？　三峰は半ば、呆然としながら考えた。逃げる？　逃げるとはなにからだ？

ふと、気づいた。前にもこんなことがあった。自分が人殺しを犯してしまうことを悩んでいたとき、

──どうしてお前は人を殺すのか？

耳には聞こえない声を聞いた。脳裏で湧いて、ずしりと心まで落ちた。

そのとき三峰は、まさに天の声を聞いたと思った。

そして自分が人を殺す理由を悟った。死神の眷属であり、人を殺すために生まれて来たと。

いまの声もそうだったのか？　耳に聞こえたので人の声だと受け取ったが、そうではなかったのか？　いまのは天の声だったのか？

「お前は逃げるのか？」

三度目の声──。

すぐに消えたが、耳奥からは消えても脳裏に響き続けた。

──お前は逃げるのか？　お前は逃げるのか？　お前は逃げるのか？　お前は逃げるのか？

「おお、まさしく天の声」

三峰は確信した。思わず、その場で膝を揃え、深々と頭を垂れる。

「逃げたりは致しません。きちんと責任を取り、腹を召します」

失敗の責任を追わず、一夜、生き長らえたことを、天が責めたと三峰は察した。脳裏の反響が水を打ったように収まった。神聖な事象に触れたかのごとく、心も不思議なほど落ち着きを得た。

三十間堀川で溺れかけたとき、大刀を捨てたのは覚えていた。三峰は脇差へ手を伸ばした。

その手がなぜか、虚しく宙を彷徨《さまよ》った。

「え？」

なお手探りしたが、脇差はどこにもない。あったのは腰の鞘だけだった。溺れたとき、刃が抜け落ちてしまったものらしい。

切腹する決意が行き場所を失い、高ぶった気持ちが宙に浮いた。

三峰は、きょとんとなった。

腹を斬ろうにも刀がないとは、出来の悪い冗談としか思えなかった。

――これではまるで切腹するなと言われているようではないか。

ハッとした。

考えが足りなかったと気づいた。答えは腹を切って死ぬことではない。そもそも天から与えられた任務に失敗した責任が、人の命ごときで償《つぐな》えるわけがない。

人の命が屑《くず》同然であることは、誰より、三峰自身が知っていた。

自ら命を断つことで失敗を償うとは、いかにも美しい行為のようで、じつはただの綺麗ごとだ。それこそ死んで『逃げる』ことにほかならない。

一度や二度の失敗でへこたれてはならなかったのだ。命ある限り、挑み続けなくては。水野忠邦を、あの世へ送り届けるまで……。

「こうしてはおられぬ」

三峰は拳を握り締めて、立ち上がった。脇差の鞘を放り捨て、蔵を出た。

どこへ行くという当てもなかったが、足は自然に隠れ家へ向いていた。


「本庄さま」

寛次が小声で注意を促した。門を潜って現れたのは、夜目にも間違いない、三峰だった。

「やはりここにおったか」

昨夜から三峰の屋敷を見張っていた。踏み込むようなことはしなかった。

周辺は奉行所の与力、同心の住まいばかりだ。なんらかの騒ぎになるのを怖れた。見張りを続ける途中、本庄はなんどか寛次を奉行所へ走らせ、三峰が現れていないことを確認させてもいた。

「どこへ行くつもりでしょう？」

と寛次が聞いた。

「行くとすれば、奉行所だろうが」

言いつつ、本庄は首を捻っていた。三峰の身形がおかしい。黒の着流し、しかも無腰。

およそ奉行所に出仕するそれではない。

「これから自首する下手人みたいですね」

「……だな。だとしたら、まずい。その前に片付けねば」

老中を襲ったのは私です、などと三峰が口走ろうものなら、それまでだ。一刻も早く、口を封じねばならない。

「どこか手頃な場所に差し掛かったら、斬り捨てよう。そうだな、堀端がいいだろう」

殺してから、堀へ落とせばいい。懐に石を詰めれば、重みで浮くこともない。もし浮いたとしても、その頃には腐乱している。ぶくぶくに膨れ上がった顔が、三峰と判別できるわけがない。

おまけにあの身形だ。同心の常服なら騒ぎにもなるが、そんな心配もない。

「とりあえず様子を見ながら、あとをつけることにしますか」

なにもかも飲み込んだ寛次が応じた。

夜明けまで、まだ間があった。暗い夜道を、三峰はふらふらと歩く。まるで酔っ払いのような千鳥足だ。それとも、ほんとうに酔っ払っているのか。

「奉行所へ行くつもりはなさそうですね」

三峰は北へ向かっていた。奉行所なら、西へ進まなくてはならない。堀端に差し掛かっていたが、本庄は、しばし様子を見ることにした。

三峰は海賊橋《かいぞくばし》を渡って日本橋の青物町《あおものちょう》に出た。すぐに右に折れると、江戸橋のほうへ歩いていく。

江戸橋は日本橋川に架かる橋で、海が近い。ますます好都合だ。

「あそこでやろう」

本庄は足を速めた。三峰が江戸橋の手前に至ったときには、五間まで追い縋《すが》っていた。

本庄は駆け足で一気に迫ろうとして、はたと足を止めた。

ようやく東の空が白みかけたばかりだが、日本橋川には舟の行き来が始っていた。すぐそこに魚河岸《うおがし》があるのを、うっかり忘れていた。

急に立ち止まった本庄に気づいて、三峰が振り向いた。薄闇を透かしてこちらを窺う。

「おおっ、こんなところにおったか」

本庄は咄嗟に場を繕《つくろ》った。そうしつつ、ちらと後方を盗み見た。寛次はいつの間にか、身を潜めていた。

「もしやその声は、本庄さま?」

「そうだ、わしだ。おぬしを探しておったのだ」

三峰が近づいてきた。顔の造作も定かに見て取れない暗がりに、その目だけが訝るように光っていた。

「私を探しておられた?」

「川へ落ちたと聞いて心配しておった。無事をたしかめ、安心したぞ」

本庄は、最前まで斬ろうとしていたことをおくびにも出さず、わざとらしいほど快活に答えた。

「私が川に落ちたと、誰からお聞きになったのです？」

三峰が鋭く突いた。

「それは……」

寛次だと続けそうになったのを、本庄はなんとか呑み込んだ。

まだ三峰に、寛次が監視に付いていたと知られるのは都合が悪い。ここでは殺せないからだ。どこか違う場所へ、三峰を誘う必要がある。

そのためには、三峰にどんな疑念を持たれてもならない。だが、なんと言い訳すればいいものか。迷う本庄に、

「誰からお聞きになったのです？」

三峰が繰り返した。

とたんに、本庄の頬がぴくぴく痙攣した。自分でも信じられないほど、本庄は緊張を覚えていた。

いや、違う。それは恐怖だった。

たった数語を交わしただけで、本庄は得体の知れない恐怖を感じ取っていた。三峰は以前から不気味なものを漂わせていたが、いまや、不気味そのものに変身していた。暗殺の失敗により殺気立っているせいだけとは、とても思えないほどに。そこにいるのはたしかに三峰だが、いまにも牙を剝いて襲いかかろうとする野獣そのものに思えた。

本庄の胸底を、冷たい風が容赦《ようしゃ》なく撫でた。思わず、後退りした。退いたぶんだけ、三峰が身を寄せてきた。

「もしかして、助太刀《すけだち》を用意されていたのですか？」

自分には老中を討ち果たせないと思っていたのか、と詰め寄る口調だったが、本庄にとっては助け船になった。

「いや、そうではない。おぬしが怪我《けが》を負うようなことがあった場合、おぬしを助けるために、人を付けていただけだ」

「なんだ、そうだったのですか」

あっけないほど簡単に三峰が得心《とくしん》した。本庄を包んでいた重圧も消えた。

本庄は、胸を撫で下ろした。が、三峰の顔を見て、すぐにまた息を呑んだ。三峰の双眸《そうぼう》はきらきらと輝いていた。そこだけを見れば、虚心に笑っているかのようだが、表情そのものは、能面のごとき無表情だった。

妙な間が開いた。本庄は慌てて、

「ところで、どこへ向かおうとしていた？」

耐え難い居心地の悪さを問いで埋めた。

「隠れ家です」

「隠れ家？　そんな場所まで用意していたのか」

「ただのお化け屋敷です。そこにいったん身を隠して次に備えます」

「次？」

「ええ、水野を討ち果たすまで、私はなんどでもやりますよ」

三峰が平然と答えた。

驚きのあまり、応じる言葉が浮かばなかった。こいつ、まだやるつもりなのか！

「そうだ。済みませんが、差し料を貸して戴けませんか？」

もはや、なにを言われたのかも、本庄にはわからなくなった。

「いいんですね」

三峰が手を差し伸べたのを見てようやく気づいた。

「いや、それは」

身を捩《よじ》らせたが、三峰の手はすでに大刀の柄に届いていた。

「わ、わかった。しばし待て」

本庄は三峰を制し、自ら下緒を解いて大小を三峰に手渡した。

「では」

と、三峰が軽く頭を下げて踵を返す。

「お、おい……」

このまま行かせるわけにいかないと思うだけの判断力は、まだ本庄にも残っていた。

が……。

振り向いた三峰は指を咥《くわ》えていた。ちゅぱちゅぱと音をさせ、「まだなにか?」と目で問うていた。

唖然とした。

「ぶ、武運を祈っておる」

それだけいうのが精一杯だった。膝が笑っていた。身を屈めて膝頭を押さえると、その手まで震えた。

ややあって本庄が顔を上げると、もう三峰の姿はなかった。

「本庄さま?」

入れ替わりに寛次が現れた。物陰から見ていたのだろう。斬るはずだった三峰に、武具まで貸し与えた本庄を訝っていた。

疑念を持たれて当然だった。しかし、説明する言葉は本庄にはなかった。当事者にしか、わかり得ないことだ。ただ、これだけは確信していた。

「あやつ、乱心しておる」

「乱心?」

寛次が素っ頓狂な声を上げた。

「およそ、正気ではなかった。あの目を思いだしただけで、ぞっとする……そうだ、寛次、三峰は隠れ家へ行くと言っていた」

本庄は三峰を追う気力を失っていた。その役目を、寛次に託した。

「あっしがつき止めてきます」

寛次が江戸橋を駆けて渡っていった。小さくなるその背に本庄は、

「気をつけろよ、寛次」

呟かずにはいられなかった。


「あんなところにいたのか」

本庄は目を瞠った。蒼い月光に照らされた廃屋は、なにやら妖気のごときものを発している。

そう見えるのは、ここにあの三峰がいるからか。あるいは場所のせいなのか。

寛次がつき止めた三峰の隠れ家は、姥《うば》ヶ《が》池《いけ》のそばにあった。この池には、その昔、浅茅《あさじ》ヶ《が》原《はら》の鬼婆が身を投げたとの伝承がある。

鬼婆は姥ヶ池の近くにあった浅茅ヶ原に棲み、一夜の宿を求めてきた旅人を殺害しては、旅人が携えていた金品を奪って暮らしを立てていた。

殺しも殺したり、九九九人、あと一人で千人に達そうというある晩、ひとりの稚《ち》児《ご》が鬼婆のあばら家を訪れた。いつものように寝込みを襲い、石枕で稚児の頭を叩

き割ったまでは良かった。死んでいたのは、なんと自分の娘だった。

娘は母の行いを諫《いさ》めるために、稚児に成りすまして床についていたのだ。我が子を殺めた鬼婆は、積み重ねてきた非道を悔い、姥ヶ池に身を投げて死んだ……。

それがどれほど昔の話か、本庄は知らない。おそらく姥ヶ池の周囲一帯が、浅茅ヶ原と呼ばれた荒野であったのだろうが、いまや姥ヶ池を囲むのは、寺院の群となっている。

夜の帳《とばり》の落ちた一帯は、たしかにそれなりの薄気味悪さがある。女子供なら、ひとり歩きはしないだろう。

だが、所詮、その程度のものだ。本庄のような大の大人が、本来、怖がるほどのものではなかった。ただ、あの廃屋さえなければ。

つくづく不気味な廃屋だ。

離れているのに臭いすら感じる。その臭いとは死臭である。むろん、実際に臭っているわけではなく、いかにも死臭が漂っていそうな佇まいを持つ廃屋だった。

その昔、実際にこの家で、一家惨殺という凄惨な事件があった。それを知っていれば、本庄もなるほどと思っただろう。

「奴があそこへ入っていったときは、あっしも目を疑いました」

寛次が口の端を曲げて言った。

「根岸、どうする？　表に連れ出したほうがいいか？」

寛次の隣で腕組をした根岸に、本庄は訊ねた。

「いや、寝込みを襲いましょう。そのほうが確実です」

根岸は直心影流《じきしんかげりゅう》の遣い手である。とある道場で師範代《しはんだい》を務めていたが、腕を買われて鳥居に仕えるようになった。その根岸が言うだけに、本庄に異存はない。

「私が踏み込みます。本庄さんと寛次は、出口を固めて下さい」

根岸が歩きだした。膝頭まで覆《おお》った草を分け、斜めに傾いだ門を潜った。

廃屋の表戸は開いている。というより、腐り果てていた。

室内では大刀を振るえない。根岸はそろそろと脇差を抜いた。

本庄と寛次は、玄関脇を固めた。本庄はここへ来る前に、自宅へ戻り、大小を調達していた。

本庄が根岸に倣《なら》って脇差を抜くと、寛次は懐に呑んだ匕首《あいくち》の柄を握った。

根岸はなかなか動かない。三峰の気配を探ると同時に、室内の暗さに目が慣れるのを待っていた。

やがて、こくりと頷くと、玄関へ足を踏み入れた。ゆっくりと足音を忍ばせる。

本庄は息を殺して根岸を見守った。その根岸の背中に家紋が浮いて見える。下がり藤のその家紋は、今朝方見た三峰の目を本庄に思い出させた。

狂気を湛《たた》えたあの目が、本庄を睨んでいる。脇差を握った手に、じっとりと汗が滲んできたそのときだった。

どすっという鈍い音がした。

——うわっ。

本庄は声なき悲鳴をあげた。根岸の背から刃の先が突き出ていた。家紋のあの目を貫いて。

根岸が後ろ向きに闇から押し出された。そのまま勢いよく、本庄の前を通り過ぎていった。

三峰が根岸を押していた。根岸の胸に突き立てた大刀をさらに喰いこませようとするかのように、ぐいぐいと力任せに押していた。

根岸の膝が癖のついた紙のように折れた。体が仰向けに倒れていく。事切れていた。

三峰が根岸の胸を足で踏み、大刀を引き抜きにかかった。なかなか抜けずに、大刀を左右に捻る。根岸の胸から噴き出した血が、刃を黒々と染めていった。

すぽっと大刀が抜けた。

勢いあまった三峰が、後方へ仰《の》け反《ぞ》った。態勢を立て直すと、根岸の死骸にもう一度、屈み込んだ。根岸の髷を摑み、大刀を鋸《のこぎり》のように引き始めた。

三峰は本庄がそこにいるとも知らず、背を向けていた。斬りつけるなら、いましかない。が、本庄は脇差を構えていたことも忘れ、踵で後退りした。

足裏が踏んだ板切れかなにかが割れた。その音に、本庄は首を竦めた。

おや？　という顔で三峰が振り向いた。

「もう一匹、見ぃーつけた」

にたあっと笑う。根岸の血を浴びた顔が、蒼い月明かりに、ぬらぬら光る。

「うひゃあっ」

本庄は、あられもない自分の悲鳴を聞いた。ふいに視界がかくんと下がった。腰を抜かして地べたに尻もちをついていた。

三峰が切先を上げた。なぜか、いったん顔の前で止めた。刃を濡らした血を、舌で嘗《な》め取った。

顔の前に群がった蚋《ぶゆ》を払うような仕草で、本庄は両手を振り回した。右手に脇差を握っていた。その刃が三峰の向こう脛《ずね》を掠《かす》った。

すわと三峰が飛び退いた。

「貴様っ！」

と大刀を振りかぶる。いまにも斬りつけようとした。

ぴぃーっ、ぴぃーっ。

突然、呼子《よびこ》の音が鳴り響いた。

「総出でかかれ、取り逃がすな。手に余るようなら斬っ捨てろ」

ぴぃー、ぴぃーっ。

「くそっ！」

三峰が叫んで逃げだした。慌てるあまり、門に激突した。ただでさえ傾いていた門は、あっさりと崩れ、三峰は共倒れになった。それでも、すぐに跳ね起きると、また走った。

「あっちだ、あっちへ逃げたぞ。追えっ、追うんだ」

逃げた三峰を声が追う。

それを聞いても、本庄はなにが起こったのか、まだよく理解できないでいた。目をぱちくりさせた。わしは悪夢を見ていたのか。やっとその悪夢から醒めたのか？

「本庄さん、お怪我は？」

と問うたのは、寛次だった。

「なんとか騙《だま》せたから良かったものの、危ないところでしたね」

「……騙せた？」

繰り返してみて、本庄も理解した。あれは寛次が打った芝居だったと。

捕り方が大勢で押し寄せたように三峰に思わせたのだ。わかってみれば、

「よく騙せたものだな」

そのほうがむしろ不思議なくらいだった。

「三峰の旦那は、いや三峰は、捕り方の怖さをよく知ってますから、上手くいったんですよ」

寛次は笑ったが、すぐにその顔を曇らせた。

「でも、奴に逃げられてしまいました」

ああでもして三峰を追い払うしかなかったが、それはまた三峰を逃がしたことを意味した。

「致し方ないことだ」

本庄に、寛次を責められるわけがない。

「それに奴は根岸を斬った。こうなったら、奉行所を動かせる。総出で三峰を追わせるのだ」

さっきは偽の捕り物だったが、次は本物だ。三峰、覚悟しろ。

「そうそう、それを聞いて思いだしました」

寛次が根岸の死骸に目を遣り、「やっぱりな」と呟いた。

「なにがやっぱりなんだ？」

「三峰は、根岸さんの髷を斬っていたんです。それを物陰から見ていて、思い出したんですが……」

寛次は、鴻ノ巣宿で目撃した辻斬り死体について手短に説明した。三峰がその下手人であろうとも。

聞き終わった本庄は蒼褪めていた。

「同心ともあろう者が、辻斬り？　あやつ、そんなことまでしておったか。とんでもない男だ」

そのとんでもない男に、老中暗殺という、もっととんでもないことをさせようとしたのは都合良く脇に置いている。さらに調子づいた本庄は、

「瓢簞《ひょうたん》から駒《こま》が出たかも知れぬ。奉行所の同僚を殺害しただけでなく、辻斬りまで働いていた。正気で出来ることではない。三峰が乱心したと思わぬ者が、果たしていようか？　実際、その通りだしな。捕えてみればわかることだ。ようするに、三峰は老中を狙って襲ったのではない。誰でも良かった。たまたま辻斬りをしようとしていた三峰の前を、老中の駕籠が通りかかった。そういうことなら、鳥居さまに嫌疑《けんぎ》が及ぶことはない」

立て板に水で続けた。寛次はふんふん頷きながら聞いている。

「こうしてはおれぬ。三峰が乱心して凶行に及んだと、早く各所に伝えておかねば」

特に、目付は老中を襲った賊を追っている。三峰が捕まる前に、情報を伝えておく必要があった。前もって報せるのと後で報せるのでは、印象がまるで異なる。ま

して後付の理由だと思われてはならない。

奉行所へ向かって歩き出したものの、夜は更けていた。各所に通達を回すには、遅すぎた。鳥居も寝てしまっただろう。

本庄はその夜は自宅へ帰り、翌朝、奉行所へ出仕し直すことにした。そのとき本庄が、のちに起きることを多少でも予期していれば、はたしてどうしていたことか。


あくる九月六日——。

鳥居が突然、町奉行を罷免され、寄合《よりあい》に席を移された。

寄合とは、三千石以上の旗本が任じられる職ではあったが、事実上、無職に等しい閑職《かんしょく》であった。とくに町奉行のような高い地位から寄合まで落とされた場合、まず二度と浮上することはなく、将来を断たれたも同然だった。

これだけでも、鳥居には忸怩《じくじ》たるものがあっただろう。だが、その後の転落ぶりを思えば、それはまだ、小石に躓《つまず》いた程度にすぎなかった。

翌年の十月、鳥居は全財産を没収されたうえで、讃岐丸亀《さぬきまるがめ》藩主・京極高朗《きょうごくたかあきら》にお預けとなる。以後、明治元年（一八六八）十月に至るまで、じつに二十三年間も幽《ゆう》閉《へい》されるのである。

本庄も例外ではなかった。

ある意味で、鳥居以上に過酷でかつ奇矯《ききょう》な運命が待ち受けていた。

鳥居の側近《そっきん》であった自分に、累が及ぶのは必至と見た本庄は、はやばやと江戸を抜け出した。そこまでは良かったが、長州《ちょうしゅう》の赤間関《あかまがせき》に至ったところで身柄を拘束されてしまう。

その後、江戸へ送り戻されて取調べを受け、遠島の処分が下った。小伝馬町の牢獄で島送りの船を待たされていたある日、牢獄の近くで大火が起きた。切放しになった本庄は、期限内に回向院に出頭した。それで減刑となり、罪状は中追放《ちゅうついほう》に改められた。

一生島に閉じ込められる島送りに比べれば、はるかに軽い刑である。牢屋敷奉行・石出帯刀から減刑を申し渡されたとき、本庄はさぞかし胸を撫で下ろしたことだろう。

ところが、それが一転する。

弘化三年の八月六日、牢獄を出された本庄は江戸を離れる途中、護持院ヶ原に差し掛かったところで、そこで待ち受けていた朝倉伝十郎と小松典膳に斬り殺されてしまうのである。

本庄は仇と狙われていた。その昔、鳥居に命じられて、井上伝兵衛《いのうえでんべえ》という剣術家を暗殺していた。朝倉は井上の甥で、小松は助っ人だった。

井上は鳥居の剣術の師であったが、鳥居が依頼したことを井上が断ったことが原因だった。どんな依頼だったか本庄は知らないが、外に漏れると危険な内容だったのは間違いない。それを断られたので、口封じが必要になったのだ。

井上はすでに高齢だったが、剣術の腕が衰えていないのを怖れた本庄は、闇討ちにかけて仕留めた。そのため、朝倉と小松は、井上が誰に殺されたかわからず、数年を要して、本庄の仕業だと突き止めた。

だが、ちょうどその頃、本庄は島送りと決まっていた。せっかく犯人を突き止めたのに、手も足も出せなくなっていた。

牢獄で切放しがなければ、ふたりは本懐を遂げることは出来なかった。

そして本庄は、切放しになり、さらに減刑を受けたことで、皮肉にも命を失うのである。

第四章

九月も終わりに差し掛かり、日に日に秋が近づいている。

きょうも長英の顔色は冴えない。口元まで運んだ箸《はし》が、止まったままになっている。目はぼんやりと正面を見据え、まさに心、ここにあらず。

風介にはその理由がわかっている。

求めてやまない書物が、手に入らないのだ。忠吉が手を尽くして探したが、西洋の兵書は、仙台では一冊も見つからなかった。その一方で、江戸には蘭語で書かれた兵書があると米吉が報せてきていた。

「見つかったのですから、そのうち、江戸から送ってきますよ」

風介は軽い気持ちで慰《なぐさ》めたものだが、書物はあっても、おいそれと送ってもらえるような物ではなかった。

世に何冊とない書物であるがゆえに、持ち主は滅多なことでは手放さない。貸与することを了解しても、遠い仙台へ送ると聞けば尻ごみする。紛失する可能性があるし、持ち主が必要になったときに困るからだ。

では江戸の誰かに頼んで書写してもらい、写本を送ってもらえばいいかというと、それもまた簡単ではない。書写には蘭語の知識が必要で、かつ途方もない手間がかかる。

あれやこれやの事情から、長英が求める書物を手に出来るのは、いつになるかわからなかった。

「ここにいても、仕方がない」

長英は、そんなことを言い出すようになっている。いても仕方のない「ここ」を離れて、江戸へ帰りたがっている。江戸なら、借り受けた書物を筆写しながら、翻《ほん》訳《やく》を進めることができるからだ。

しかし、江戸に戻ることが、どれほど危険かはいうまでもない。長英とて、仙台に潜伏したほうがいいことは百も承知しており、思い悩んでいた。

風介には長英の苦悩が、痛いほどわかっていた。

と、そこへ、

「おはようございます」

半開きになった土蔵の扉から、ひょっこり顔を出した者がいる。忠吉親分だった。忙しい忠吉が、こんな時間に姿を見せるのは珍しい。

慌てて腰を浮かせた風介を、いいからそのままで、と忠吉が手で制した。

「おはようございます、親分さん」

風介は座ったまま、挨拶を返した。

「おお、忠吉どのか」

ぼんやりとしていた長英も、やっと気づいて顔を向けた。

「お食事中、すみませんが、ちょっとお邪魔しますよ。江戸の米吉から文が届きましたもので」

忠吉が土蔵の中へ入って長英の前に座り、床に文を滑らせた。

長英が、せわしい手付きで文を拡げ、目を走らせた。読み進むにつれ、表情が次第に強張っていく。

悪い報せだ、と風介は直感した。

読み終わった長英の手から文が落ちた。呆然と宙を見つめている。

忠吉にも別に、米吉からの報せが届いていていたらしい。長英のほうへ身を乗り出した風介に、そっと告げた。

「南町奉行の鳥居さまが職を解かれたそうだ」

「……？」

職を解かれたというのが、首になったという意味であることくらいは風介にもわかる。

しかし、それと長英の反応とが結びつかなかった。

長英は、鳥居に憎まれて牢獄に繋がれた。鳥居は長英にとって、いわば仇敵《きゅうてき》だ。その鳥居が首になったなら、むしろ喜んでもいいはずだろうに。

「あと、二月……たった二月、留まっておれば……」

長英が袴の膝を鷲摑みにして、がくりと頭を垂れた。風介はますます戸惑い、二月？　二月？　と、心の中で繰り返した。

あっと思った。脱獄のことだ。あと二月、脱獄しないで牢獄に留まれば良かったのだ。

長英を牢獄から助け出そうという運動があった。ここにいる忠吉親分も、その運動に参加したひとりだ。それらの運動を、横槍を入れてはことごとく潰してきたのは鳥居だ。

その鳥居がいなくなった。

もしかしたら、長英は牢獄を出られたかも知れない。いや、きっと出られただろう。それも無罪放免となって。

脱獄する必要はなかった。むしろ、しないほうが良かった。いや、してはならなかった。

脱獄したばかりに、罪を犯してしまった。捕まれば死罪になる大罪を。

そして長英に脱獄を決意させたのは、ほかでもない自分だ。

「私が……私がいたばかりに、こんなことに。私さえいなければ……」

風介は長英に取り縋ってでも、謝りたかった。そうしようと思ったが、できなかった。体が動かなくなっていた。

二階で寝ていたはずの忠治が、いつのまにか風介の着物の襟を摑んでいた。

「放して下さい」

頼んだが、忠治は手を放すどころか、もの凄い力で風介を引いた。ばたばたともがきながら、放してくれるよう重ねて頼んだが、忠治は強引だった。

風介は土蔵の外へ引き摺り出された。そこでやっと忠治が手を放した。風介は、土蔵へ這って上がろうとしたが、こんどは顎を摑まれ、無理やり顔を上げさせられた。

「止めとけ。どうせなにをいっても、聞こえやしねぇ。本当に先生に済まないと思う気持ちがあるなら、いまは放っておいて差しあげな」

「どうしても、謝りたいんです」

「謝るなって言ってんじゃねぇ。とにかく、いまは止めとけって言ってんだ！」

忠治が怖い顔をして怒鳴った。博徒が本気で怒っている。その迫力に押され、風介は身を竦めた。

「誰でも、ひとりになりたいときがあるもんだ。いまの先生がそれだ」

忠治が諭《さと》すように言う。

「はい」

風介は素直に答えた。

そこへ、忠吉が土蔵から出てきた。唇を真一文字に結んで、風介に注《そそ》いだ目は、忠治と同じことを語っていた。

風介は立って土埃を払い、ふたりに向かって言った。

「私は庭にいることにします」

忠吉が頷き、

「飯がまだだろう？　一緒にどうだ」

と忠治を誘った。

「目も醒めちまったし、そうさせて戴きやす」

ふたりは連れ立って、母屋へ続く渡り廊下を歩いていった。

庭石の上に、ぽつねんと腰を降ろしていた風介のところへ、長英がやって来たのは、その日の午後も遅くなってからだった。

長英は意外なほど、さばさばした顔をしていた。

「お前に話がある。わしもそこへ坐っていいか」

と庭石を指差した。

「ええ、どうぞ」

それほど大きな石ではない。風介は尻をずらせて脇へ寄った。長英は隣に座り、

「あのことなら、もうなにも言うな」

謝りを述べようとした風介の機先《きせん》を制した。

「わしは江戸へ戻ることにした」

唐突《とうとつ》に続けた。

いきなりのことで、風介は驚いた。いつか長英が、そんなことを言い出すだろうと覚悟はしていたが、まさか、この場で飛び出すとは思わず、

「そうですか……」

口を突いて出たのはそれだけだった。

「反対しないのか？」

「……」

「では賛成か」

「……」

「どっちなんだ？」

「どっちでも、ありません」

「どっちでもない？」

「江戸に戻るのは危険です。それを思うと、ここにいたほうがいいと思います。でも、ここにいたら、長英さまが本当にしたいことができません。だったら、江戸へ戻るほうがいい。でも、江戸へ戻れば危険だし……とまあ、堂々巡りしてしまうんです」

それを聞いて、長英がにっと笑った。

「やっぱり変ですよね、私が言ってること」

「そうじゃない。わしもお前と同じで、ずっと堂々巡りしていた」

「では、どうして、江戸へ戻る気になったのですか？」

堂々巡りをどうやって断ち切ったのか、なにがそのきっかけになったのか、風介は知りたかった。

長英が自棄《やけ》を起こしたとも感じている。脱獄を早まったばかりに、自分で自分の首を絞めてしまった。長英はなにもかも厭《いや》になったあげく……。

「そうではない。お前の言いたいことはわかっている。だが、それは違うぞ。たしかに自棄を起こしそうになった。そのとき、ふと、忠治の言葉を思い出した。いくらわしらが悔やんでも、死んだ清吉は戻って来ないというあれだ。あれと同じだと気づいた。済んだことをいくら悔やんでも、なにも変わらないと。脱獄を遅らせていれば良かった。たしかにそうだろう。しかし、もう脱獄してしまったのだ」

風介は足元を見つめて、長英の話を聞いていた。

「過ぎたことを、わしはもう悔やまないことに決めた。そう決めたら、憑《つ》き物が落ちたように、気分が変わった。無性《むしょう》に前を向いて生きていきたくなった。いまのわしは、なにがなんでも江戸へ戻り、兵書を翻訳することしか頭にない」

風介は顔を上げ、長英を見た。視線が絡んだ。長英の瞳は、きらきらと輝いていた。

言葉以上に、風介になにかが伝わった。そのなにかが胸に落ち、ほのかな温かみが胸に拡がった。

「なにか、わかったような気がします。長英さま、江戸へ戻りましょう」

耳に響いた自分の声は、きっぱりしていた。

「うん、戻ろう、風介、一緒に江戸へ戻ろう」

長英が風介の手を取り、声を湿らせた。

風介の目にも、涙が溢れていた。

長英の顔が霞《かす》んで見えて仕方なかった。


木に縛り付けられている。身動きが出来ないのに、全身、ぐっしょり汗をかいている。肌に張り付いた着物が気持ち悪いほどだ。

「えいっ」

気合とともに光が走った。刃が、まっすぐ脳天に落ちてくる。

――ひゃっ。

心の中で叫んだ風介は、思わず目を閉じ、歯を喰いしばった。刃風が頭皮を撫でた。恐る恐る目を開くと、額の真上、ほんの一寸のところで、刃が止まっていた。

「駄目だ、駄目だ、また目を閉じたぞ。ちゃんと最後まで開けてろっ！」

忠治の叱咤《しった》が飛んだ。

「すみません。もう一回、お願いします。次は、ちゃんとやりますから」

「もう一回、もう一回って、いい加減、それも聞き飽きたぜ」

忠治が大刀を肩に担いで言った。空いた手をぶらぶらさせて、疲れを癒《いや》している。縛り付けて身動きを出来なくし、その頭上に刃を振り下ろすという奇妙な稽古を始めて、かれこれ半刻になる。その間、忠治は長脇差を振り続けていた。額の前で、ぴたりと刃が止まる瞬間まで見届け、それで初めてこの稽古は終了となるのだが、風介は失敗ばかり重ねていた。

愛想を尽かした忠治が、いつ投げだしても、おかしくなくなっている。風介自身、失敗続きで嫌気がさしていないかといえば、嘘になる。だが、そもそも忠治に頼んだのは風介のほうだ。自分から投げ出すわけにはいかない……。

「折り入って、頼みがあります」

「なんだよ、急にあらたまって」

「忠治さんは念流の遣い手だと喜平さんから聞きました」

「習ったことはあるが、遣い手は大袈裟だ」

謙遜《けんそん》する忠治に、

「私に、剣術を教えて戴けませんか」

風介は目を見て頼んだ。

「剣術を、なんでまた？」

「強くなりたいんです」

臨時のものだったとは言え、仮にも奥州街道に設けられた関所を、忠治は破った。六人の役人を相手に大立回りを演じた姿が、風介の脳裏に焼き付いていた。あのとき、自分ももっと強くならなければと思った。だが、鈴木忠吉の庇護《ひご》により、安全な暮らしを得てから、その気持ちが薄らいでいた。江戸に戻ると決まったことで、風介は俄かに、そのことを思い出していたのである。

「ようするにあれか、江戸へ戻ってからのことを考えて？」

「はい。それに、江戸へ戻るだけでも、いろいろあると思って」

「いい心がけだが、生兵法は怪我の元だぜ」

忠治が眉根を寄せた。

「長英さまを護《まも》れるほど強くなれるとは、自分でも思ってません。せめて足手纏いにならないよう、自分の身を護れるぐらいにはしておきたいんです。私のような弱虫では、それも無理でしょうか？」

「そんなことはねぇ。稽古次第で誰でもある程度のことは身につく。だけどよ、俺は止めといたほうがいいと思うぜ」

「どうしてですか？」

「うまく言えねぇが、お前に刀は似合わねぇ。植木鋏のほうが様になる」

「様になるとか、そういうことじゃなくて」

「三十六計逃げるに如《し》かずって言うだろ。常々俺が思うのは、あれが本当に一番だってことだ。俺みたいな馬鹿は、それが出来ないばかりに苦労してるんだ」

「そこをなんとか」

風介は床に額を擦り付けた。

「わしからも頼む」

それまで黙っていた長英が口を添えた。

「うーん」

忠治が天井を見上げた。

「いまは町人だが、わしは武家で育った。やっとうもやらされた。才もやる気もなかったので上達しなかったが、それでも学んで良かったと思うことがひとつだけある」

「ほう、それはなんです？」

興味を惹《ひ》かれたように忠治が訊ねた。

「刃物を向けられても、とりあえず慌てふためくことがなくなった。慣れていない者は、それだけで竦みあがってしまう。そうなると……」

と長英が、風介に顔を転じた。

「逃げることも、できません」

風介は、ここぞと長英の話を継いだ。

「私がそうなんです。刃物を見せられただけで、動けなくなってしまうのです」

「くそっ、揚げ足を取られたか」

忠治が苦笑した。

「わかった、教えてやるよ。ただし、逃げるための剣術だぞ」

「はい、師匠」

風介はにっこり笑って答えた。

「おいおい、師匠は勘弁してくれ。俺はただの、しがないやくざだぜ」

忠治が困ったように手を左右に振った……。


「おいっ、なにぼうーっとしてんだよ」

忠治に言われて、風介は我に返った。

「あっ、すみません。絶対、目を閉じるな、そう自分に言い聞かせてたところです。次はちゃんと出来ます」

咄嗟に取り繕った。

「どうだか」

「でも、だんだん馴れてきてます」

「ふーん」

「嘘じゃありません。最初は、抜き身を見ただけで、小便をちびりそうになりましたから」

「そうかい、そうかい。だけどよ、俺も草臥《くたび》れてきたから、次は止められねぇかも知れないぞ」

「えっ！」

刃が止まらなければ、頭が真っ二つだ。風介は顔を引き攣らせた。

「馬鹿、冗談だよ。俺さまを誰だと思ってる。こちとら、餓鬼《がき》の時分から、手に豆を拵《こしら》えて、厭んなるほど、素振りをさせられてきた。舐めんじゃねぇ」

忠治が、そうとうな腕前の持ち主だったのは事実である。もともと先祖は武士だった。戦国期が終結したことにより、浪人となって土着していた。その血筋もさることながら、上州は在村剣術の盛んな土地柄である。

忠治は隣村に在した剣豪・本間仙五郎《ほんませんごろう》から念流を学び、免状を得たともいわれている。

後世、講談などで『国定忠治は鬼より怖い、にっこり笑って人を切る』と語られることになるだけの素地は充分に持っていた。

冗談と聞いて、風介はホッとした。

「だからって、馴れ合いで、だらだらやったんじゃ意味がねぇ。次で最後にするぞ。お前も、本当に斬られるかも知れない、そう思って、しっかり性根《しょうね》を据えろ」

忠治が長脇差を上段に構えた。

——こんどこそ、絶対に、目を閉じたりするもんか。

風介は自分に活を入れた。自然に背筋が、すっと伸びた。

忠治の頭上、真っ直ぐ天を指した一本の線を睨みつける。こんどは行けそうな予感がしてきた。

「お願いします！」

ひゅっ、と刃が鳴った。気がつくと、ぎゅっと瞼に力を籠めていた。こんどもまた、駄目だった。

「……」

風介は気まずい思いを噛み締めた。

「まあ、そんなに簡単に出来るようになったら、それはそれで、長年、稽古を積んできた俺の立場がねぇ」

忠治が妙な慰め方をした。

高野長英が奥州街道の矢吹《やぶき》宿に現れたとの報が、早飛脚で江戸町奉行所にもたらされたのは、小雪の舞い始めた十二月中旬のことである。

長英を目撃したのは、地元のある商人だった。

十数年前に矢吹宿を訪れた際に知り合いになった長英が、去る九日の夜、ふいに自宅に現れ、一夜の宿を求めたという。

商人は長英が脱獄犯となったことを町触れで知っており、関りあいになるのを怖れて、申し出を断った。せめて飯を食わせてくれという長英に、飯櫃《めしびつ》に残っていた飯を与えこそしたが、長英が立ち去るのを待ち、宿場役人に届け出た。

長英は立ち去る際に、蝦夷地へ向かうとも商人に語っていた。

驚いた宿場役人は、ただちに郡役所に報告した。郡役所の指示で、矢吹宿はもとより、周辺地域の探索が開始されたが、夜分のことでもあり、長英を見つけだすことはできなかった。

翌朝には、さらに人手が増員され、街道筋はいうまでもなく、細かな間道に至るまで、捜索の輪が拡げられた——。

六月晦日の切放しから半年近くも経っていた。その後の足取りがまったくといって良いほど摑めず、死亡説まで囁かれ始めた長英が、矢吹宿に姿を現したという報に、町奉行所は俄かに湧きたった。

九月に罷免された鳥居耀蔵に代わって町奉行に任命された跡部良弼《あとべよしすけ》は、直ちに奥州一帯の天領や諸藩に指示を出した。厳重な警戒態勢を敷き、是が非でも長英を召し取れと命じた。

特に矢吹宿から蝦夷地へ向かう経路を重要視した。

長英が蝦夷地へ逃げるとの推測は以前からあり、警戒態勢も敷かれていたが、新たな情報を得たことで、町奉行所はいよいよその推測が確かなものになったと受け取った。

最終的には長英が蝦夷に現れると見て、蝦夷松前《まつまえ》藩にも通達が及んだ。

そのときの捜索が、いかに厳しかったかを伝える話がある。

のちに北方探検家として有名になる松浦武四郎《まつうらたけしろう》が、ちょうどこの時期、蝦夷地へ渡ろうとしていた。道中、なんども取り調べを受けただけでなく、松前行きの船が出る鰺ケ沢《あじがさわ》に至ってみると、船便が欠航とされていた。

漁船でもいいと思って探したが、長英捜索のあまりの厳しさに、松浦の求めに応じる船主はひとりもいなかった。舟待ちをするだけでも、罪人のような扱いを受けた。松浦は蝦夷地を目前にしながら、渡航を諦め、江戸に引き返したのである。

だが、そんな必死の捜索にも拘《かかわ》らず、長英はなかなか見つからなかった。

見つかるわけがなかったのである。

じつは、長英が矢吹宿に現れたとの情報は、まったくの偽情報だった。

仙台の俠客・鈴木忠吉による偽装工作であり、江戸へ戻る長英から捜索の目を逸らせ、かつ、長英が蝦夷地へ逃亡したと信じさせるための罠だった。

もし、届け出た商人の言葉を鵜《う》吞《の》みにせず、役人に背景を探られると、忠吉を炙りだすことも出来るという際どい賭けでもあった。忠吉の関与に気づかれれば、その子分に米吉がおり、その米吉と長英まで、一本の線で繫がることもあり得た。

だが、情報に餓えた関係筋は、この情報になんの疑いも抱かなかった。むしろ、これでやっと長英を捕らえることができると期待し、藁《わら》でも摑みたい心境だったのだろう。

長英と風介、そして忠治の三人は、十一月の下旬に仙台を出立していた。岩沼《いわぬま》までは奥州街道を使ったが、そこから米沢《よねざわ》を経由して越後《えちご》へ向かった。

当然、矢吹宿は通っておらず、長英が現れたと大騒ぎになった頃には、すでに越後に至っていた。

忠治が同行したのは、故郷へ戻るためだった。長英たちが江戸へ戻ると聞いて、俄かに望郷の念にかられたのである。当時、忠治は子分たちと別れて逃亡しており、故郷で子分に再会できるとの思いもあった。

忠治は長英たちの護衛役も兼ねていた。お尋ね者である忠治が護衛というのもおかしな話ではあったが。

「うっ、寒ぶっ」

忠治が、吹きつける北風に肩を窄《すぼ》めた。

三人はいま、三国《みくに》街道を南下している。昨夜は浅貝宿《あさかい》に泊まっていた。そこまでは清津川《きよつがわ》沿いの平坦だった道が、次第に険《けわ》しいものに変わってきている。

この先に、街道最大の難所といわれる三国峠が控えている。浅貝宿に泊まったのも、峠越えに備えてのことだった。

旅馴れた忠治は、この街道もなんどか行き来しており、そのあたりの事情にも詳しかった。

「峠まで、あとどれくらいですか?」

鼻水を啜《すす》り上げながら風介は訊いた。

「一里ってとこだな」

「まだそんなにあるんですか」

「若いもんが、なに言ってんだ。もう疲れちまったのか」

忠治が呆れたが、

「風介は、わしの身を案じているのだ。だが、わしのことなら大丈夫、心配するな」

長英が風介に笑顔を見せた。実際、その通りで、風介は長英を気遣っていたのである。

坂道に入ってから、長英の足がみるみる遅くなっていた。足をかすかに引き摺ってさえいた。

「ほんとに大丈夫ですか？」

「年寄り扱いするな……と言いたいところだが、良かったら、ひと息、入れさせてもらってもいいか、忠治どの」

「やれやれ、気づかなかったのは俺だけらしい。つい、急《せ》かして申し訳ない。構いません、遠慮なく、休んで下せぇ」

忠治が足を止め、苦笑した。

平地にはまだ雪が積っていないが、山々の峰《みね》はすでに冠雪《かんせつ》している。三国峠も雪景色に変わっていると予想された。

それだけでも難儀《なんぎ》することになる。そこへさらに雪が降りだしたりすれば、もう目も当てられないと、忠治はついつい先を急いでいた。

長英が道端に腰を降ろした。やはり痛むのか、足を揉んでいる。

忠治は街道から茂みに入っていた。小便でもしているのだろうと思ったが、しばらくして茂みから出てきた忠治は、棒切れを携えていた。

その棒切れを長英に差し出した。忠治は長英のために杖を作っていた。

「ありがたい」

長英が押し頂くようにして受け取った。

――やっぱり、優しい人だな。

風介はしみじみ思った。そして、ふと、江戸へ戻ると長英が言い出してから、仙台を出るまでのことを思い出した。

忠治が風介に剣術の手解きをしてくれた日々のことである。

自分でも呆れるほど、風介は呑み込みが悪かった。振り下ろされる長脇差を目を閉じないで見続けるという例の稽古すら、十日を要した。

それが終わると、次は刃を躱《かわ》す稽古だった。さすがに真剣は使わず、木刀によるものだったが、ある程度、骨《こつ》を摑むだけで、一月、かかった。

それが終われば、次は木刀から真剣になるはずだったが、結局、仙台を出る直前まで、風介は忠治の木刀から逃げ廻っていた。

そんな出来の悪い弟子に、忠治は毎日、付き合ってくれたのだ。厭な顔ひとつすることなく。それを思うと、忠治に申し訳ない気分すらしてくる風介だった。

少なくとも木刀を怖れることがなくなった。忠治の殺気をまともに浴びても、体が動かせるようになった。それが、せめてもの慰めだ。

「そろそろ行こう」

長英が杖をついて立ち上がった。

「うん、なかなか手に馴染む、いい杖だ」

すっかり元気を取り戻していた。

追われている。

ただの旅商人だと気にもかけずにいたが、後ろを歩くその足音が、いつの間にか、聞こえなくなっていた。

足音を重ねることで消している。悟られることなく間合いを詰め、襲おうとしている。

そんなことを、ただの旅商人がするはずがない。

——こいつも刺客だったか。馬鹿な奴、そんなことも気づかぬと、俺を侮ったのが間違いだ。

三峰は旅商人を背にしたまま、あえて歩調を変えずに歩き続けた。

昼飯時の街道は、往来が、がくんと減っていた。前方から飛脚が走って来ているが、それと擦れ違ったあとは、旅商人とふたりきりになる。

襲われるとしたら、あたりに人気が絶えたそのときだろう。そして刺客は、そのときを待っている。そう三峰は読んでいた。

たっ、たっ、たっ……。

軽快な足取りで飛脚が近づき、三峰の脇を通り過ぎた。あっという間に、足音が遠ざかっていく。

――さあ、いつでも掛かってこい。なんなら、俺から仕掛けてやろうか！

三峰は右手を大刀の柄に走らせた。右廻りに振り向きつつ、鞘から引き抜いた。抜いた勢いで大刀を振りかぶり、左手を柄尻に添えた。

三峰の動きが急すぎて、旅商人は対応できなかった。驚愕に目を瞠るのみで、足を止めることすらできなかった。

三峰は、一歩踏み出すだけで良かった。

大刀を叩きつけると、ほとんど手ごたえもなく、地面すれすれまで刃が振り抜けた。

旅商人は、悲鳴も上げられなかった。

笠は割れて飛び、顔に赤い縦筋を浮かせた旅商人は、とぼとぼと前進を続けた。

三峰は、右に動いてそれを避けた。

顔を流れる血が、旅商人の目も赤く染めていた。まるで血の涙を流しているかのようだった。さらに数歩、旅商人は糸が切れた操り人形みたいに、ぐにゃりと崩れた。

乾いた地面にみるみる血が拡がっていく。

それを海と呼ぶには小さ過ぎたが、そこそこの血溜まりに空と雲が映った。真昼に現れた夕焼け空を、三峰はたまらなく美しいと感じた。

——見蕩《みと》れている場合ではなかった。

三峰は素早くあたりを見回した。幸いにも見渡す限り人の姿はなかった。

死骸の懐を探ると、財布が転がり出てきた。かなり重い。

殺しの報酬の前金だろうと三峰は推断した。殺しに成功していれば、倍は貰《もら》えていただろうに残念だったな……。

三峰は死骸に笑いかけ、財布を懐に捻《ね》じ込むと、ゆうゆうと歩を進め始めた。

——これで刺客も三人目か。

記憶を辿っていた。

すでにふたり、斃している。最初の刺客は農夫に化けていた。担いでいた鍬《くわ》を、擦れ違いざまに三峰に叩きつけようと狙っていた。気配を察して、三峰は先手を打った。

——武士を殺すのに、鍬とは無礼千万《せんばん》！

そこに憤りを覚えた三峰は死骸に唾を吐きかけた。

二人目は、老いた武家に扮していた。大刀を持っていたのは許せたが、わざらしいほど老け込んだ演技をした。道端に座り込んで、さも苦しげに荒い息をしていた。

その身を案じて、うっかり近づいたところを斬ろうという意図が、見え見えだった。

「どうなされた？」

三峰は騙されたふりをして近寄り、武家が顔を上げるところに、大刀を抜き合わせた。

油断させておいて、隙をつこうという小賢《こざか》しさが癪《しやく》に障《さわ》った。その死骸には、後足で砂を掛けてやった。

――それにしてもしつこい。鳥居はどうでも俺を消さずにはおらぬつもりだな。

水野のことがあるからだ。秘密を知る三峰を、鳥居は闇から闇へと葬りたいのだ。

――なんとも酷い話だ。

たった一度、暗殺に失敗したくらいで、人を亡き者にしようとするとは。

隠れ家で襲われた時点で、三峰は鳥居の真意を悟っていた。

――そしてなにより愚かだ。

余計な手出しをしなければ、水野はちゃんと仕留めてやったのに。

水野の暗殺に失敗して良かった、とすら思う。失敗したからこそ、鳥居が偽者だと気づくことができたのだ。

――それにしても、とんだ食わせ者だった。死神さまの眷属でもなんでもない。自分が得た権力を護りたいがために、御家老様を排除しようとしただけだ。しかも己の手は汚さず、またそんな度胸もない、ただの糞野郎だ。

そんな糞野郎に騙され、利用されたと思うと、ふつふつと怒りが込み上げてきた。

「鳥居っ！」

激昂のあまり三峰は叫んだ。と、同時に、頭蓋に痛みが走った。

一気に頭に血を昇らせたせいで、頭痛がぶり返してしまった。陸尺に棒で殴られた頭に、ときおり走る頭痛に、三峰は悩まされていた。

――痛い、痛くてたまらん。なんとか気を鎮めねば。

痛みを治めようと、三峰は自分に言い聞かせた。鳥居は怒る価値もないただの屑だゴミだ。滓《かす》だ……。

ようやく怒りが鎮まった。頭痛も軽くなった。

「気が済むまで刺客を送ってくるがいい。手もなく返り討ちにしてくれようぞ。せいぜい、無駄を悟るがいい」

三峰は遠くの空に向かって呟いた。本当は鳥居のいる江戸を向きたかったが、自分がどこにいるのかもわからなくなっていた。

それを気にするでもなかった。

三峰は、流浪《るろう》の身の上を受け入れていた。

同行二人という。四国の遍路参りが、弘法大師《こうぼうだいし》と道連れであるように、三峰にも死神という同行者がいた。

だから平気だった。

死神はただそばにいるだけではなく、自分を導いているとも感じていた。

それゆえ三峰は……。

斬り捨てた三人が、鳥居の放った刺客ではなく、ただの通りすがりかも知れない可能性を、ちらと考えることもなかった。

腰まで達した雪の中を、泳ぐように歩いている。

予想通り、三国峠は雪に埋もれていた。まさか、こんなに雪が深いとは思わなかったが。

さらに悪いことに、降雪に見舞われていた。降雪などという生易《なまやさ》しいものではない。雪嵐と呼ぶべきものだった。

山の天気は変わりやすいというが、江戸で育った風介の想像をはるかに越えていた。

雪は上から降るものと信じていた。北国の雪は、どこからでも降ってきた。笠を被っていても、渦を巻いた雪が容赦なく噴き上がる。まるで雪雲の中にいるのでないかとすら、風介には感じられた。

三人は歩く雪達磨《ゆきだるま》と化していた。体は冷え切り、鼻と口の廻りに氷柱《ひょうちゅう》が垂れていた。

ただでさえ、足は鉛《なまり》のように重く、その重い足を、腿を上げて持ち上げないと、次の一歩を踏み出すこともできない。

「あとひと息だ」

長英があえぐように言った。風介や忠治、ひいては自分を励ますものであろうが、悲しいかな、その言葉には、さしたる根拠がなかった。

忠治が先頭を行き、そのすぐ後ろに風介がついている。そして風介が、長英が伸ばした棒の先を引いている。そうでもしていなければ、互いを見失ってしまうほど、視界が悪い。

ほとんど白一色の世界に、ぼんやりと木々の影の見分けがつくだけだった。峠がどこにあるかなど、わかるはずもない。

あるいは逆に、長英の言う通りかも知れない。あとひと息で峠を越えられるのかも。だが、それはそれで雪道が終わるわけがない。当分、続く……。

そんなことはわかっていたが、風介はあえて、後ろに顔を向け、声を張った。

「すぐそこです。もうすぐ峠を登りきります」

少しでも、長英を楽にしてやろうと、棒を引く手に力を籠めた。

とたんに、寒さに凍えついた指が千切れてしまったかと思うほどの痛みが走った。苦痛に顔を歪めると、凍りついて頬で固まっていた雪が、ぱりぱりと音をさせて剝がれ落ちた。

ほんとうに峠を越せるのか？　なんども頭を振って、雪と一緒に払い落としてきた不安が、またぞろ脳裏に浮かんできた。

このまま雪に埋もれて、凍え死んでしまうのではないか。考えるのも恐ろしいことが、ますます現実味を帯びている。

なぜか風介は、おみよの顔を思い浮かべていた。

とっくに諦めていた。思い出すことも滅多になくなり、江戸へ戻っても、会うつもりはない。まだ未練が残っていたのか？

風介が被った笠が、忠治の背中にぶつかった。いつのまにか、忠治が足を止めていた。

「どうしました？」

「すまねぇ、道に迷ったらしい」

いやいやをするように、忠治が首を左右に振った。

「えっ！」

風介は寒さ以上に凍えついた。慌ててあたりを見廻したが、まったく意味のない行動だった。

「せめて、雪が止んでくれたらな」

忠治が、笠を被った頭を空へ向けた。

「こうなったら、無闇に歩かないほうがいい」

長英が意外なほど、淡々と口を挟んだ。

「そ、そんな」

風介には、とても信じがたい言葉だった。疲れと寒さで、長英がおかしくなったとしか思えない。それこそ凍死してしまう。歩いているから、まだしも体が温まるのだ。

長英は耳がないかのように風介を無視した。なにを思ったか、いきなり雪に手を突っ込み、狂ったように穴を掘り始めた。顔を見合わせた風介と忠治に、

「お前たちも手伝え！　雪洞《せつどう》を掘るんだ」

「雪洞？」

忠治が首を捻った。

「説明はあとだ、とにかく手伝え」

「はい」

風介は、とにかくこの場は長英を信じることにした。

「なんだか知らねぇが」

と、忠治も穴掘に加わった。

三人は額を付き合わせるようにして掘り進んだ。手が冷たくて涙が出そうだったが、まだ季節が早いので雪が固まっていないのが、幸いだった。

やがて地面が現れると、

「こんどは穴を横に広げるのだ。掘り出した雪を穴の周りに積み上げろ」

長英が新たな指示を与えた。

四半刻足らずで、三人がすっぽり入れる広さの穴が完成した。周囲に雪を積み上げたので、深さも充分だった。しゃがむと雪の壁に囲まれた。

「風が当たらねぇだけで、随分違うもんだな」

忠治が赤くなった指に、息を吐きかけながら、しみじみ呟いた。

「そうだろう。風がなんといっても、一番、体の熱を奪ってしまうからな」

「さすが、蘭学の先生は物知りだ」

「いやいや、これは蘭学の教えではない。わしは奥州水沢で生まれ育った。雪には馴れておる」

「なるほど、それで雪洞をご存知だったわけですか」

忠治が腑に落ちた顔になった。

「じつは、ご存知というほどでもない。子供の頃、猟師から聞いたのを、なんとなく覚えていた程度だ。見たわけでもないし、作ったのも初めてだ。それに、寒いものはやはり寒いな。これでは一時凌《しの》ぎにしか、なりそうにない」

長英が両手で自分の肩を抱いた。それを見て、風介は、ふと思いついた。

「この中で火を焚いたらどうでしょう。薪《たきぎ》になりそうなものを探してきますよ」

樹木の下を探せば、枯れて落ちた枝や葉が見つかるだろう。我ながら、いい考えだと思ったが、

「せっかくの申し出だが、濡れた木や葉を集めても燃えない」

長英が首を横に振った。

「……そうですね」

風介は、がっかりして肩を落とした。

「いよいよの時は、着物を燃やせばいい」

忠治が元気づけるように言った。

「たしかに、いよいよの時は、その手があるな。できれば、そうしなくて済むよう、いまは祈るしかない」

長英が頭上を見上げた。

丸く開いた穴の向うに空はなかった。

地をすれすれに這う風に、雪が白い線となって、ただ流れていた。


「やはり、刺客だったか」

三峰はひとりごちた。四半刻前、茶店で休んでいた三峰の前を、通り過ぎた鳥追い女だ。

女はそのとき、煎餅《せんべい》をふたつに折ったような笠の隙間から目を覗かせ、ちらりと三峰に流し目を送ったものだった。

普通の男なら、やに下がって、いそいそと女を追ったかも知れない。だが、三峰は怪しんだ。

いつもより休憩を長めに取り、いつ、どんな風に襲われてもいいよう、あれこれ算段していた。

女は道端にしゃがんで、のんびり煙草をくゆらせている。笠を脱いで遠い山を眺めていた。

あくまで、ふりだ。そうして、俺が追いつくのを待っていると三峰は読んだ。

女は右手に煙管《きせる》、左手に三味線《しゃみせん》、笠を小脇に挟んでいる。あの三味線に刃を仕込んでいるのだろう。あるいは胸元に覗かせている三味線の撥《ばち》か。

まばらな人の往来があったが、三峰は油断しなかった。これまでに三人の刺客を返り討ちにしている。追う側も必死だ。人目など、もはや気にしてはいないだろう。

三峰はゆったりと歩きつつ、指の関節を緩めた。いつでも大刀を抜けるよう備えた。

あと数歩まで近づいたとき、女が煙管の灰を飛ばして立ち上がった。その拍子に、さりげなく三峰に顔を向けた。

三峰は、どきりとした。

女はなんと、おみよだった。たちまち狼狽して立ち竦んだ。

「うっ」

あまりの驚きに、またも頭痛が始っていた。かつて味わったことがないほどの激痛に、目から火花が散り、三峰はその場に蹲《うずくま》った。

「どうかなさいましたか？　お加減が悪そうですが」

おみよが聞いた。いまや刺客と化したおみよが。

鳥居は、おみよを刺客に仕立てたのだ。三峰が風介を陥《おとしい》れたことを、じつは鳥居は知っていた。そしておみよに、三峰こそ、お前の仇だと吹き込んだ。

もし、風介が生きていると知っていれば、おみよも刺客を引き受けたりはしなかった。だが、皮肉にも、風介が生きている事実までは、あの鳥居も知らなかったのだ。

「大丈夫ですか？」

おみよに背中を摩《さす》られた三峰は、雪女に触られたように背筋を凍りつかせた。魔《ま》手《しゅ》を逃れようと身を捩じらせる。

「すぐそこにお社《やしろ》があります。一休みなされたほうがいいですよ。歩けますか？」

社へ連れて行かれたら終りだ、殺されてしまう。三峰は首を強く振った。

とたんに、頭の中に稲妻が走った。くらくらと眩暈《めまい》がして、危うく意識が飛びかけた。

「私が支えますから、とにかく立って下さい」

おみよが三峰の脇に肩を入れた。逃れようにも、自力では手足を動かすこともままならなかった。

意志とは関係なく歩かされた。首の据わらない赤子のように、三峰の首がぐらぐらした。

その揺れる視界に、地獄を垣間見た。一間四方しかない、古ぼけた、薄汚い社を。

視界がさらに大きく揺れた。次の瞬間、地獄の扉が目の前に迫った。

——まだ、死にたくない……。死神さま、お助け下さい。

薄れゆく意識の中で懸命に祈ったが、
ぎぃーっ。

音を立てて、地獄の扉が開いた。


「いよいよ年貢《ねんぐ》の納め時かと、あん時は覚悟を決めましたが、まだあっしにも、運が残ってたってことでしょうね。それにしても、お天道《てんと》さまは、つくづくありがてえもんだ」

忠治が両手を大きく拡げて、陽光を浴びた。風はさすがに冷たいが、陽があるとないとでは、ぜんぜん違う。

「先生のお蔭であることも、お忘れなく」

風介はちくりと釘を差した。

「いけねぇ、いけねぇ、もちろん先生には、感謝してやすからね」

忠治が長英に頭を下げた。

「あらためて礼には及ばぬ。いまだから言えるが、江戸へ戻るのではなかったと、わしもじつは後悔していた」

長英が上機嫌に笑った。

三国峠をかろうじて越えていた。雪が止まなければ、いまこうして笑うどころか、かちんこちんに凍っていただろう。

またそれも、夕刻前に雪が止んでなければ、結果は同じだったかも知れない。

雪が降り止んだお蔭で、景色が遠望できるようになった。街道から少し離れた山の中にいたとわかり、街道へ戻ると、峠までたった三町だった。

峠を越えても雪は深かったが、雪洞に籠もっていたので、無駄に体力を消耗していなかった。助かったという思いが、気力にも繋がった。

四半刻も歩くと、道を埋める雪もほとんど無くなり、夕暮れ迫る山道の向うに、人里が見えた。さらに四半刻で、その人里に辿り着いた。永井《ながい》宿という宿場町だった。

それが一昨日のことである。

永井宿には二晩泊まって、疲れた体をゆっくり癒し、そして今朝早く、旅籠を出ていた。

「ところで忠治どの、そろそろだと思うが」

長英が笑いを消して真顔になった。間もなく関所に差し掛かろうとしている。以前、その関所を通った経験のある長英は不安がっていた。

「大丈夫、大船に乗ったつもりで、あっしに任せて下せぇ」

「しかし、猿《さる》ヶ《が》京《きよう》の関所の取調べは、それはもう厳しいものだったぞ」

「ええ、たしかに。でもそれは、関所を通ればの話でさ」

「まさか、関所破りをする気か」

長英が目を剝《む》いた。風介は声も出なくなった。

「先生はご存知ないでしょうが、あっしらの間じゃ、猿でも通れる猿ヶ京ってくらいで」

「猿でも通れる？　それは山へ入るという意味か」

「お察しの通りですが、それだけじゃありません。ちゃんと道案内まで付くんです」

「関所破りの、道案内だと」

「しかも、関所役人のお墨《すみ》付きの道案内がね」

「つまり関所役人が、賄賂を取って、関所破りを黙認《もくにん》しているのか？」

「ええ、魚心あれば、水心ってやつでさ」

長英が複雑な表情になった。言うまでもなく、関所破りは大罪である。その大罪に、取り締まる側が加担していると忠治はいうのだ。

驚かずにはいられなかったが、牢獄も似たようなものだった。賄賂次第で、牢内で酒を飲むことすらできた。

それを知らぬ長英ではない。

「なるほどな」

と頷いた。

忠治が街道を折れた。杉の木立ちの並ぶ細道が続いていた。しばらく行くと傾きかけた門があり、その向うに古ぼけた寺が、ぽつんと見えた。

荒れ放題の庭を通り抜けた。

「和尚《おしょう》、いるか？」

忠治が怒鳴ると、しばらくしてお堂の奥から人影が現れた。

墨染めの衣を纏っていなければ、とても坊主とは思わなかっただろう。

四十絡み、髭面《ひげづら》の六尺近い大男は、良くて盗賊の頭にしか見えなかった。

「なんだ、忠治か」

和尚が面倒臭そうに言った。

「久しぶりなのに、随分、ご挨拶だな」

「ふんっ、まだ生きてやがったか」

「大事な客に、それはねぇだろう」

風介はうすうす察していたが、この和尚こそが関所破りの道案内だった。

「なんだ、客として来たのか。だったら早く、それを言え」

「何しに来たと思ったんだ？　お前に会いたくて来たとでも思ったか」

ふたりは悪口を応酬《おうしゅう》し合ったが、どこか親しみが籠もっていた。

はたして、

「さっそくだが、頼むぜ」

と忠治が懐から小判を出して放ると、

「なんだ、来たそうそう、もうか。酒ぐらい出してやったのに」

和尚は残念そうに言った。積《つも》る話でもしたかったようだ。

「悪いが、急いでるんだ。話は歩きながらで勘弁してくれ」

忠治も惜しむように答えた。

和尚は足ごしらえをするでもなく、草履《ぞうり》をつっかけて歩きだした。忠治と肩を並べて寺の裏手から続く山道へと入っていった。

間に長英を入れて、風介は殿《しんがり》を歩いた。

ぽかぽかとした陽気の中、落ち葉の積った山道を行くのは、ひたすら気持ちが良かった。関所破りをする緊張感は、まったく湧いてこなかった。

また、山中なのに、きつい上りもほとんどない。

あたかも山野の散策のような道程に、風介は口笛を吹きたくなった。


「お気づきになられましたか？」

女の声が聞こえた。お気づき？　いったいなんのことだ、三峰は目を瞬かせた。

人影が目に映った。背中から差し込む光に縁《ふち》取《ど》られ、顔は暗くて見えない。

「お侍さまは、すぐそこで倒れられたんですよ」

「倒れた？　俺が」

「覚えておられない？」

「ああ、なにも」

「街道を越後のほうへ向かっておられましたが」

「越後？」

なんのことやら、さっぱりだった。

「ここは何処《どこ》だ？」

「ちょうどお社があったので、お運びしたんですよ」

言われて見れば、そんな感じだった。板張りの壁も床も煤《すす》けた色をしている。

「お前が助けてくれのか？」

体を起こしながら三峰は訊《たず》ねた。

「ええ、まあ」

「それは親切に……」

と、そこで三峰は口をつぐんだ。角度が変わって女の顔が見えていた。その顔に見覚えがあった。

そして壁に立てかけた三味線が目に入ったときには、頭の中に立ち込めていた霧がすうっと晴れてきた。

「どうか、なさいました？」

女が小首を傾げて三峰を窺った。

「いや、なんでも」

咄嗟に三峰は嘘を吐いた。なにもかも思い出していた。この女がおみよだということ。そしてここへ連れ込まれて殺されそうになったこと……。

——えっ？

ではなぜ俺は生きているのか。わけがわからなかった。答えを求めた三峰は、無意識のうちに、おみよに顔を向けていた。

おみよは、小首を傾げたままだった。ふりではなく、虚心に三峰の身を案じていた。

それを見て、三峰はやっとあることに思い至った。

ずばり確かめた。

「俺が誰だか、知っているか？」

「いいえ。お会いしたのも初めてです」

おみよが答えた。それは偽《いつわ》った答えとは思えなかった。

――やはり、そうか、そういうことだったか。

自分の勘違いだったと三峰は悟った。

おみよは鳥居の放った刺客ではなかったのだ。三峰のことを知らないおみよが、刺客であろうはずがない。

おみよは逃亡先へ来るよう風介に頼まれたのだ。だから鳥追い女に扮《ふん》して、旅をしていた。そしてその道中で、偶然にも三峰と遭遇した。

「くっ」

三峰は、思わず失笑を漏らした。こんな偶然が、ただ起きるはずがない。死神の導きとしか思えなかった。

おみよは風介の居場所を知っている。おみよとの遭遇とはすなわち、三峰を風介の元へ導くための死神の差配だ。

「……？」

おみよが、きょとんとした。そのおみよの細い腕を三峰は鷲《わし》摑みにした。ぐいと手元に引き寄せた。

「お武家さま、なにをなさいます」

いきなりのことに、おみよが慌てた。三峰の手を振り解こうともがいたが、三峰はおみよを摑んだ手に、いっそう力を籠めた。

「おみよ、もうなにもかも読めているぞ。お前が鳥追い女のふりをして、なにをしようとしているかがな」

「は？　いま、おみよっておっしゃいましたか。わたしの名はお涼《りょう》です。なにか、勘違いなさってます」

「じゃあ、これならどうだ？　お前は風介に会いに行く途中だろう。どうだ図星だろう」

時間を無駄にしたくない。三峰は核心を突いて面倒を省《はぶ》こうとした。が、

「風介なんて、聞いたこともありません。聞いたこともない人に、誰が会いに行きますか。お武家さま、いい加減になさってくださいまし」

おみよは、なお認めようとしなかった。その態度に嫌気が差したばかりでなく、

「言うに事欠いて、武家に向かって、いい加減にしろだと！」

三峰は、かっとなった。

「ふざけるな！」

おみよの頰を平手で張った。

「なにをなさいます。助けてあげたのに、あまりに酷いお仕打ちです。お願いです、無体《むたい》なことは、お止め下さい」

口の端から血を流して、おみよが懇願した。

「煩いっ」

こんどは拳骨《げんこつ》で思いきり殴った。おみよが床に崩れた。それでも背中で這って逃

げようとする。

逃げ場など、どこにもなかった。

「風介は何処だ、何処にいる？　長英と一緒か？」

おみよが脅えた目を三峰に向け、黙ったまま、首を左右になんども振った。

「お前はどこへ向かっていた？」

ふいに、三峰は問いを変えた。

追い詰められた者は、頭の働きが鈍くなっている。なにかについて隠し通そうとしていても、それを別の角度から突かれると、ついぽろりと答えてしまうことがある。

「え、越後です」

おみよは三峰の策に嵌《はま》った。

「越後のどこだ？」

「越後の……」

さすがに、おみよが目を泳がせた。風介の居場所を吐く寸前で踏み留まった。

「ふんっ、言いたくないなら、言わなくていい。どのみち、道案内をしてもらうつもりだからな」

　おみよが、いやいやをするように首を振った。

「連れて行くのも厭だと言うなら、この場で殺す」

　これにもおみよは、首を横に振った。

「いいんだな？　連れて行くのは承知したという意味だな」

　こんどは、こくりと頷いた。

「そうと決まったら、こんなところに長居は無用だ」

　三峰は言って、腰を上げた。

　そのとき、ふと、おみよの着物の裾《すそ》の乱れに目を留めた。白い足が、太腿まで露《あらわ》になっていた。

　ごくりと、三峰の喉が鳴った。おみよが慌てて裾を直した。

「出かける前にもうひとつ……」

　言いながら、三峰はおみよに身を寄せた。

「止めて下さい。それだけは……お願いです、勘弁して」

　おみよが着物の裾を抑えて後退りするが、社の壁に阻まれただけだった。

三峰が、じりじりとにじり寄った。誰かに助けを呼ぼうとしておみよが口を開いた。三峰は素早く手で塞いだ。体で圧し掛かるようにして、おみよを床に押し倒した。

観念したように、おみよが脱力した。

和尚が足を止めたのは、木漏れ日が橙《だいだい》色に染まり、間もなく日が落ちようというときだった。

「ここを、まっすぐ行け。もう迷うことはない」

「街道まで、どんくらいだ？」

「目と鼻の先だ」

忠治と和尚の遣り取りが、風介にも聞こえた。

和尚が踵を返した。

きつい斜面を削り取っただけの山道だった。右手はほとんど垂直の崖《がけ》になっており、はるか下に渓流《けいりゅう》の水音が聞こえていた。

山道の巾《はば》はそれなりにあったが、大柄な和尚とでは、体を入れ替えるようにして

擦れ違わなくてはならなかった。その際、

「どうも、お世話になりました」

風介は頭を下げたが、和尚は軽く目礼を返しただけだった。

なんとも無愛想な和尚だった。歩いている間も、忠治とは話をするが、風介と長英は、まるでいないかのように無視した。結局、名乗りを交すこともなかった。

「おかしな坊主だったろう？」

忠治が、意味ありげに笑った。

「ええ、変わった方ですね」

「だが、ああ見えて、困った人を見ると、放っておけない性質なんだ」

「関所破りも、そのひとつ？」

「まあ、そんなとこだ」

三人で歩き始めた。和尚の言ったとおり、いくらと行かないうちに、街道らしきものが林の向こうに見えてきた。

関所破りが、なにごともなく、むしろあっけなく終わろうとしていた。

それなりの距離を歩いていた。疲れもあり、黙々と歩を進めていたが、どことなくホッと弛緩《しかん》した空気が三人の間を漂《ただよ》った。

と、そこへいきなり、

「きゃあああーっ」

絹《きぬ》を裂くような悲鳴が、谷間に木霊《こだま》した。街道の方からと思われたが、しかとはわからなかった。

三人はぎょっと立ち竦んだ。それぞれが耳を澄ませた。

「人殺し、誰か、助けて！」

女の声、はっきり前方からだった。刹那、忠治が駆けだした。風介は、一瞬、長英と顔を見合わせてから、忠治を追った。

「いやーっ、助けて」

女の叫びが近くなった。足音も聞こえてきた。

「いま、助けてやるぞ！」

忠治が怒鳴った。女を励《はげ》ますと同時に、女に悲鳴を上げさせている何者かを、声で牽制《けんせい》しようとするものだった。

風介は忠治から数間、遅れていた。その風介にも、やっと忠治の肩越しに女が見えた。

なんと女は全裸だった。

その白い女体のすぐ後ろを、抜刀《ばっとう》した黒衣の男が追ってくる。必死の形相で駆けてきた女を、忠治が斜面に張り付くようにして躱した。

「うおりゃー」

気合とともに、男が忠治に大刀を叩きつけた。忠治は素早く長脇差を抜き合わせ、迫った刃を寸前で受け止めた。忠治の顔に火花が降りかかった。

受けるのがやっとの忠治に比べて男には勢いがあった。

刃を交差させたまま、男は忠治に馬乗りになった。その弾みで、忠治は頭を地面で、したたかに打った。

朦朧《もうろう》となった忠治に、男は刃に渾身《こんしん》の力を乗せた。男の刃が、みるみる忠治の顔面に迫る。

「忠治さん！」

叫びつつ、風介は駆け寄った。地を蹴って男の背中に飛びついた。

なにも考えていなかった。ただ、忠治を救いたい一心だった。

風介は男の背中に抱きついて、巻き込むようにして、男もろとも転がった。

二転したところで、風介が下になって止まった。

「ううっ」

男の肘《ひじ》が風介の鳩尾《みぞおち》に喰い込んでいた。息を詰まらせた風介は、思わず、男から手を離した。

男がすっくと立ち上がった。大刀を振り上げる。男は顔を風介に向けていたが、風介には刃しか目に入らなかった。

「死ね！　風介」

どこか弾んだ声だった。あたかも、殺すのを楽しんでいるような……。

名前を呼ばれた不思議さを、不思議と感じる余裕は風介にはなかった。

振り下ろされた刃を躱そうと、夢中で身を捩じらせた。

ずさっ。

耳の真横に刃が突き刺さった。

「くそっ」

男が大刀を構え直した。風介は咄嗟に身を転がせた。

――しまった！

躱すのが早すぎた。男は一拍、動きを遅らせていた。天に向いた切っ先が、ぴくんと揺れるのが見えた。

風介は歯を喰いしばった。襲い来る苦痛と死に、身構えた。

「うおりゃー」

裂帛《れっぱく》の気合が響いた刹那、

「うぎゃ」

と悲鳴が上がった。それは風介の、ではなかった。

男が股間を押さえて蹲《うずくま》っていた。

自分がしたとは、すぐには思えなかった。ぴんと伸びた自分の右足を見て、風介はようやく悟った。

無意識の反応だった。生死の境で本能が発動し、男の股間を蹴り上げていたのだ。

「こなくそっ」

己を励ます声を発して、男がよろよろと身を起こした。あたりに目を遣った。大刀を探していた。

先に見つけたのは風介だった。大刀は男のすぐ足元に転がっていた。

風介は跳ね起きて、大刀へと走った。

男の視線が止まった。男も大刀を見つけていた。

二人の手が、同時に大刀の柄に伸びた。瞬時の機転で、風介は男に肩からぶち当たった。

男が踏鞴《たたら》を踏んで、身を泳がせた。風介は、大刀を拾い上げて高々と振り上げた。

「風介、待てっ!」

忠治が叫んでいた。寸前に止められなければ、風介は間違いなく男の背中に刃を落としていただろう。

ずざざっ。

と忠治が滑るように駆けて来た。

「えいっ!」

気合もろとも男に斬りつけた。

「ぎゃっ!」

男が手で顔を押さえて仰け反った。指の隙間から鮮血が滴《したた》り落ち、痛みにあえぐように男はさらに仰け反った。

均衡を失った体が、後方へ大きく傾いて、遠ざかっていった。

忠治が二の太刀を振るおうとしたが、そのときにはもう男の姿が消えていた。

男は足を踏み外して、崖から落ちていった。

事は突然始って、突然終わった。すべてはほんの数度、瞬きを繰り返すほどの間だった。

その急転についていけず、風介は呆然としていた。

唯一、わかっていたのは、忠治のお蔭で死なずに済んだことだった。忠治に稽古をつけて貰っていなければ、身を護ることは出来なかった。

――いや、もうひとつあるな。忠治さんは、俺に斬らせたくなかったんだ。

風介を人殺しにさせまいと、忠治はあのとき、風介を止めてくれたのだ。その忠治が、

「怪我はないか?」

と訊いてきた。

「はい。忠治さん、危ないところを、どうもありがとうございました」

「それはお互いさまだ。そんなことより、さっきの男は？」

「さあ？」

ふたりで崖下を覗きこんだ。長英のことは、まだ思いも及ばなかった。

「あんなところに、未練がましくぶら下がってやがる」

忠治が目敏《めざと》く見つけた。切り立った崖下、五間ほどのところに男が見えた。蔓《つる》にしがみついている。

「おいっ！」

忠治が声を投げた。男がのろのろと顔を上げた。血で染まった顔は、赤い面にしか見えなかったが、風介は、ふと、なにか引っかかりを覚えた。

気がつくと、拳を握り締めていた。その拳が、わなわなと震え始めた。

「三峰っ！」

喉から絞り出した。

「あいつを知ってるのか？　そういや、お前の名前を叫んでたな」

「知ってるもなにも、あいつですよ。私に罪を着せ、牢獄へぶち込んだのは」

「なにっ、例の同心か。それはつまり……どう言うこった？」

忠治が匙《さじ》を投げた。そうなるのも、もっともだろう。風介にも、なにがどうなっているのか、さっぱり呑み込めなかった。

「三峰、俺を追って来たのか？」

せいぜい思いついたのは、それだった。

「追ってなどいない。追わなくともこうなるのだ。死神さまが、導いて下さるからな」

「あいつ、なに言ってんだ？　変な信心でもしているのか」

忠治が目を丸くした。

「最後に会ったときも、あんなことを口走ってました。あいつ、頭がおかしいんです」

「いかれてんのか？」

「ええ、どう考えてもそうとしか。でも、いまはそんなことより、三峰のほかに追っ手がいるかどうかを確かめないと……」

それが三峰の耳にも届いたらしい。

「俺はひとりでもひとりではない。ああ、なんと素晴らしい。出来ぬことがなにもない死神さまと常に一緒だ。お前も早く悟れ、決められた定めに従え」

およそ脈絡もなく、正気とは思えぬ内容だったが、三峰に『死神』以外の同行者がないと、受け取って良さそうだった。

また、正気を失った三峰が、捕り方を引き連れているとも考えにくかった。

「その死神さまは、どうやって、お前を導いて下さったのだ？」

忠治がからかうように問いかけた。

「だから、おみよだ」

当たり前のような口調だった。

――え？　おみよ……。

どうしてここで、おみよの名が出てくるのか。風介の頭の中に、さらなる疑問と混乱が渦巻いた。

「おみよさんがなんだって？　まさかお前、おみよさんになにかしたのか？」

「なにかしたどころではないぞ。あははは……うわっ！」

笑いが途中で悲鳴に変わった。摑んでいた蔓が伸び、三峰の体が、がくんと一段下がっていた。

「ま、まずい、このままでは落ちてしまう、た、助けてくれ」

人を小馬鹿にしたような態度が一転して、三峰は情けない声を発した。その急変ぶりにも、三峰の異常性が如実《にょじつ》に表れていた。

いよいよ蔓が重みに耐え切れなくなり、ずるずると三峰の体が下がりだした。

「おいっ、早く言え、おみよさんになにをしたんだ？」

風介が怒鳴ったが、間に合わなかった。

「うわぁぁぁぁぁ」

三峰の絶叫が、尾を引いて遠ざかった。可能な限り、崖から身を乗り出したが、よほど崖は深いらしく、川面《かわも》すら見えなかった。

「三峰っ、三峰っ……」

風介はなんどか呼びかけたが、返事はなかった。

「溺れるか、凍えて死ぬか、どっちにしても、まず助からねぇな」

忠治が断じた。そうであって欲しいと風介も思った。出来るものなら、おみよになにをしたかを話したあとで、そうなって欲しかった……。

風介の胸に、消しがたい不安が残っていた。

「そういや、先生は？　あの女は？」

忠治が思い出したように問うた。

ふたりで走って、来た道を引き返した。そこから一町のところに長英がいた。女と、和尚も一緒だった。

「おお、大事なかったか」

ふたりを見て、長英が安堵した。

女は和尚の衣を被せられて地面に横たわっていた。ただでさえ白い肌が、血の気を失い、亡骸かと思うほどだった。そして、ぴくりともしない。

「安心したとたん、気絶した。よほど怖い目に遭ったようだ」

と聞いて、ひとまず安心した風介は、

「長英さま、その女の人を襲ったのは三峰でした」

そこから切り出した。

「三峰、あの三峰か？」

「ええ……」

驚いた長英に風介は先を続けようとしたが、

「この女《ひと》のことは、和尚が面倒を見てくれるそうだ。わしらは先を急いだほうがいい。話は道々、聞かせてくれ」

夕闇も迫っていた。忠治と風介に異存《いぞん》はなかった。

もしこのとき、女の回復を待って話を聞いていれば、その後の展開は違ったものになっていただろう。

断片しか聞き出せなかったことが、実際にはありもしない不安を風介に植えつけた。むろん、おみよのことである。

多少たりとも、女がおみよに似ていれば、三峰が言おうとしたことの糸口くらいは、摑めたかも知れない。

だが、お涼という名すら知らぬままに別れた女は、おみよとは似ても似つかぬ顔だった。

第五章

「ここでいいです」

家族とともに、外へ出て見送ろうとする長英を、風介は玄関先に押し留めた。

その家は麻生宮下町《あざぶみやしたちょう》の裏通りの奥まった所にあり、日中でも滅多に人の行き来はないが、用心に越したことはない。

「お世話になりました」

風介がお辞儀をすると、

「済まぬ。わしにもっと甲斐性があれば、お前と一緒に暮らせるのに」

長英が顔を伏せた。

「ほんとに、ごめんなさい」

長英の妻・ゆきも、頭を下げた。だいぶお腹が目立つようになっている。屈むと苦しげだった。

「その話はもうなしだって、決めたじゃないですか。それに、そんな顔は止めて下さいよ。今生の別れじゃあるまいし、そのうちまた会えるんですから」

風介は努めて明るく言った。

実際、風介に長英たちを恨む気持ちは微塵《みじん》もない。むしろ迷惑をかけてきたのは自分のほうなのだ。もっと早く、出て行くべきだった。

弘化元年（一八四四）の暮れに江戸へ戻った。以来、弘化三年（一八四六）の十月に至る今日まで、風介は、長英とともに江戸に潜伏を続けていた。

最初の潜伏先は、鈴木忠吉の子分・米吉の手廻しで、あらかじめ準備されていた。米吉が、内田弥太郎《うちだやたろう》の協力で探し出していた。

内田は長英の弟子で、自身が大勢の門弟《もんてい》を抱える著名な和算家であった。長英の赦免運動に参加しただけでなく、水沢にいる長英の母や江戸に住む妻子の面倒まで見た。

と同時に、下級の幕臣でもあり、天保八年（一八三七）に起きたモリソン号事件などで、江戸湾の防備体制が急がれた際には、伊豆韮山《いずにらやま》代官・江川英龍《えがわひでたつ》の片腕として活躍し、将来を嘱望される身の上だった。もし長英を匿ったことが幕府に知られれば、重い咎めを受けるのは必定だったにもかかわらず、内田は進んで協力してくれたのである。

潜伏先は、内田の甥《おい》にあたる宮野信四郎が住む、麻布箪笥町《たんすちょう》の家だった。宮野もまた幕臣だった。幕府に追われる長英と風介は、幕臣に匿われたのである。

そこからいまの家へ移ったのは、宮野の家が危険になったからではなかった。

長英には、ほかにも協力者がいた。鈴木《すずき》春山《しゅんざん》という田原《たはら》藩医の兵学者で、蘭語を教えたという意味では弟子と言えたが、三つ年上の春山を長英は友人として親しみ、入獄後も連絡を取り合っていた。

その春山が、なんとか長英と妻子が一緒に暮らせないかと腐心して見つけ出してくれたのが、この家だったのである。六本木《ろっぽんぎ》にいたゆきと、もとを先にこの家へ住まわせ、数ヶ月、様子を見たうえで長英と風介を移すという念の入れようだった。

まさに火中に飛び込む覚悟で戻った江戸で、長英は家族と暮らすという、夢にも思わなかった生活を得たのだった。

それで風介が邪魔者になったという話ではない。

問題は別のところにあった。暮らしに困窮《こんきゅう》するようになったのだ。長英は牢名主を務めている間に二百両という大金を蓄《たくわ》えていたが、その金はこの家へ来る前に、あらかた使い果していた。

そこへ新たに食い扶持《ぶち》が増え、さらに来年には、ゆきの出産も控えている。長英は内田や春山のつてを頼って、翻訳の仕事をするようになっていたが、それだけでは賄いきれなくなった。年が越せるかどうかも怪しくなった。

こんなとき、家を出られない植木職人は、なんの役にも立たなかった。どころか、邪魔でしかない。

せめて、自分の食い扶持くらい稼げないものか。思い悩んだ風介は、米吉に悩みを打ち明けた。米吉は三月に一度の割合で、隠れ家を訪れていた。

米吉は仙台の忠吉親分に相談を持ちかけてくれた。その結果が、

「いっそのこと仙台へ来ないかと親分が言ってる。お前の暮らしが立つようにしてくれるそうだ」

というものだった。博徒になるのか、それでもいいと風介は思ったが、

「庭木が荒れ放題だとさ。いつまで待たせる気だってよ」

忠吉親分は、植木職人として風介を誘ってくれていた。

仙台を出るとき、こんなことがあった。忠吉親分が風介に餞別《せんべつ》をくれた。世話になったのに悪いと固辞《こじ》したが、

「いくら俺でも、職人の腕の良し悪しくらいわかる。江戸で修行した一流の植木職人を、ただで働かせたとあっては俺が恥をかく」

出したものを引っ込めず、

「もし良かったら、年に一回でもいいから、ここまで出張ってくれないか」

そんなことまで言ってくれた。

風介は奉行所の手配を受けていないが、江戸には顔見知りがいる。風介が生きているとわかれば、奉行所も放ってはおかない。

仙台ならそんな不安もまずない。忠吉親分のお抱えの植木職人として住み込みで働けば、誰に気づかれることもないだろう。

風介は、一気に目の前が開けたような気がした。長英の了解を得る前に即答した。

「米吉さん、よろしくお願いします」

それで決まった。それで旅立ちとなったのだ。

「ふう兄ちゃん、きっとだよ。また会いに来てよ。昨日、指切りしたからね」

七つになった長英の娘のもとが、風介に小指を突き出してみせた。もとは風介のことを、そう呼んでいる。

「うんうん、兄ちゃんも、針千本飲みたくないからね」

風介も二十二歳になっていた。いまさら、兄ちゃんでもあるまいにと思いつつ、もとの頭を撫でてやる。

「……」

長英が黙って顔を上げた。じっと見つめる目に万感の思いが籠もっていた。

小伝馬町の牢獄で初めて会った日から数えると、はや二年半になろうとしていた。

ふたりはその間、片時も離れたことがなかった。

長英は身を裂かれる思いなのだろう。それは風介も同じだった。

「長英さま……」

けして涙は見せないつもりだった。

「行ってきます」

いつかまた、戻ってきます、その意を込めた。

くるりと身を翻し、早足に歩を進めた。しばらく歩いてから、風介は手甲で涙を拭った。

神田川《かんだがわ》を渡って、下谷御成街道に出た。目深《まぶか》に被った笠をさらに傾け、風介は足を急がせた。

仙台へは、奥州街道をいくつもりで千住宿《せんじゅ》に向かっている。今夜はそこで一泊することにしていた。

まだ日は高い。本来ならそんなに急ぐ必要はないのだが、千住へ着く前に、風介はどうしてもしておきたいことがあった。

おみよがいる上野に立ち寄り、ひと目、おみよの様子を確かめておきたかったのである。

三峰が最後に吐いたあの一言が、風介の頭から離れず、ずっとおみよのことが気になっていた。

なんども確かめに行こうと思ったが、行けなかった。風介にとって、上野界隈《かいわい》は鬼門だった。

そのためなら、捕まってもいいとすら思ったが、それが長英にまで影響を及ぼすことを考えると、踏み切れなかった。

長英に相談すれば、誰か知人に頼んで確かめてもくれただろう。が、それすら危険がないとは言えなかった。

罠かも知れないのだ。奉行所は風介が生きているとじつは知っており、泳がせているると深読みすることもできた。

おみよに監視を付け、風介が接触するのを待っている。人を介して接触することまで想定しているかも知れない。

深読みのしすぎだろうとは思う。しかし、そうでないという保証もなかった。

風介はなにがあっても、長英を護りたかった。自分のことで長英に危険が及ぶのは、死んでも避けたかった。

一方で、三峰が吐いたあの一言は、最後の嫌がらせだったと自分に言い聞かせた。

三峰は、風介とおみよの間柄を知っていた。仲を裂いたのも三峰だ。死ぬと悟った三峰が、おみよになにかしたと仄めかせることで、風介を苦しめようと企んだのだと。

実際、三峰のその企みは功を奏した。風介がおみよの身を案じて苦しまなかった日は、一日もなかった。

三峰が残したものは、それだけではなかった。本当に死んだのか？　その疑問が風介の中に居座り続けた。あの三峰が、執念深く、いまも自分を追っている気がしてならなかった。悪夢に魘《うな》されて、目を醒ましたことも、幾たびとなくあった。

仙台へ行けば、二度と江戸へ戻ることはないだろう。おみよの様子を確かめる機会は、二度となくなる。その思いが、風介を突き動かし、ようやく上野へ足を向けさせていた。

もし不都合が起きれば、自決するつもりだ。死人に口なし、長英の隠れ家が自分の口から漏れることは絶対にない……。

あれこれ思いに耽っているうちに、ふと、気がつくと下谷広小路に出ていた。おみよの住む北大門町の家が、すぐそこになっていた。

往来には人が溢れている。不自然に思われないぎりぎりまで、足を遅くした。胸をどきどきさせながら、風介は家の前を通り過ぎた。

無情にも戸口が閉まっていた。

そのまま行き過ぎた風介は、三枚橋の手前で右に折れて裏通りへ入った。天水桶の陰で腰を屈め、草鞋の紐を結び直した。

——俺はなんて馬鹿なんだ。

家の前を通ったくらいで、なにがわかるというのか。戸口の前で、おみよが誰かと立ち話でもしていると思ったのか。

よほどの幸運に恵まれない限り、そんな偶然があるわけがない。子供でさえわかる、そんな当たり前の事実に、風介はやっと気づいていた。

草鞋の紐にかけた手が、ぶるぶる震えた。額から滲み出た汗が、ぽたぽたと地面に染みを作る。

——もう一度、もう一度だけ。

繰り返しても無駄だと、わかっていた。危険が倍になるのも承知の上だ。どうしても、もう一度、もう一度だけ。

風介は滅多にない偶然に賭けることにした。よほどの幸運を期待した。

裏通りを進んで、ぐるりと廻り込んだ。下谷広小路の入口へ戻ったそのときだった。

運にもいいものと悪いものがある。悪いほうだった。しかも、最悪だった。あたりを睥睨《へいげい》するように竜平がのしのしと歩いていた。数間先、風介のほうへ向かって。

——りゅ、竜平親分……。

見間違いようがない。風介を下手人と疑い、自身番へ連れこんで、責め問いにした男の顔を忘れるわけがない。

慌てて笠の頭を伏せ、足を止めずにいるのが精一杯だった。耳の真横で心の臓が、ばくばくと鼓動を打った。

逃げたかった。踵を返して脱兎《だっと》のごとく駆けだしたかった。それを必死で我慢した。

笠の縁の下に、竜平の足が見えた。鼓動はますます激しくなり、眩暈で倒れそうになった。

ハッとしたときには、竜平が真横を通り過ぎていた。間の記憶が飛んでいた。足がもつれそうになるのを、懸命に堪えて歩を進めた。全身を耳にして、後方の音を拾った。ほんとうは振り向きたいが、そんな勇気はない。

追ってくる気配はない。なんとかやり過ごせたようだった。いくぶんか、気分が落ち着いたが、雲を踏んでいるように足元はまだ頼りなかった。

さっき折れた角を曲がった。おみよが住む家を一瞥することもなく、通り過ぎていた。

――俺は、ほんとになんて馬鹿なんだ。

怖い思いをしたあげく、得られたものはなにもなかった。風介は、笠の頭を上げて前を確かめるゆとりも失った。

あっと思ったときには、

「どこ見て、歩いてんだ」

怒鳴られていた。誰かとぶつかっていた。風介はよろけつつ、

「すみません」

咄嗟に謝って、そそくさと立ち去ろうとした。

「こら、待ちやがれ」

肩をぐいと摑まれた。

「ほんとに済みません。でも、急いでいるんです」

相手の顔は見ず、というより、自分の顔を見られたくなくて、風介は笠の下で顎を引いて謝った。

「……」

男は黙っていた。許してくれたのだろうと思って立ち去ろうとしたが、男は肩を摑んだ手を離さなかった。空いた手で、いきなり風介の笠を跳ね上げた。

「やっぱりお前か、風介」

「お、親方……」

ぶつかった相手は、なんと勘蔵親方だった。植木職人である風介の親方であり、かつおみよの父親である。

「声を聞いて、まさかと思ったが……。えっ、なんでお前、いるんだ？　ていうか、生きていたのか？　……いったい、なにがどうなってんだ」

勘蔵が頭を抱えて、舌をもつれさせた。

「生きてました、でも、俺は悪いことはなにも……いや、もう行かないと」

風介も、自分がなにを言ってるのかよくわからないほど混乱した。

「と、とにかく、うちへ来い」

勘蔵の頭には、それしか浮かばなかったようだったが、

「それはできません」

風介はそれにはちゃんと、答えることができた。咄嗟に勘蔵の裾を引いた。

「親方、ここはなにも言わず、とにかく一緒に来てください」

耳元で囁いた。

「わ、わかった」

勘蔵が、首をがくがくさせて頷いた。


「世の中、どうなってんだ。酒でも飲まねぇと、やってられねぇぜ」

勘蔵が、また猪口を呷った。

あれから、ふたりで千住宿の旅籠に入っていた。ほかの客と相部屋にならないよう、勘蔵が離れの一室を奢ってくれた。

誰にも聞かれる怖れのないその部屋で、風介は勘蔵にすべてを語った。無実の罪を背負わされたこと、死罪となる寸前、牢獄から出られたこと、そして逃げている理由……。

勘蔵は驚愕《きょうがく》のあまり、ほとんど口を挟まなかった。風介が語り終えると、部屋に酒を運ばせ、黙々と猪口を重ねてから、ようやく発したひと言がそれだった。

「信じてもらえましたか？」

「最初からお前が罪を犯したなんざ、これっぽっちも思っちゃいなかった。けど、そのあとの話は、正直いって、まだ、ぴんとこねぇ。俺はもしかして、幽霊と話しているんじゃねぇのか、そんな気がしてならねぇ。ほんとにお前、足がついてんだろうな」

勘蔵は風介が牢獄で焼死したものと思い込んでいた。幽霊と疑うのも無理はなかった。

「この通り、足はあります」

風介は、足を崩して勘蔵の前に投げ出した。その足に勘蔵が手を伸ばして触った。

「うん、ある、ちゃんとあるな、うん……」

ふいに涙声になった。勘蔵は風介が生きていると初めて実感していた。堰《せき》を切ったように嗚咽《おえつ》を上げだした。

「親方……」

風介も堪えきれなくなった。たちまち視界がぼやけ、拭っても拭っても、とめどなく涙が溢れてくる。

「親方、おみよさんは？」

風介は涙声で聞いた。

「そうだ、こっちのことは、まだなにも話してなかったな」

勘蔵が赤い目を上げたが、

「おみよは……」

と口籠った。

「なにか、あったんですか？」

風介の血の気が引いた。危惧したことが、起こっていたのか。

「なにしろ、気苦労が重なっちまったからな。あんなに明るかった娘が、いまじゃ、まるで別人だ。あいつの笑い顔を忘れちまったくらいだ」

その話に胸を衝《つ》かれたが、いま聞きたいのはそれではない。

「無事に暮らしては、いなさるんですね？」

「無事ってのは、なんのこった？」

風介は三峰についても伝えていたが、川へ落ちる前に、おみよのことを口走ったのは、まだだった。急いで、その話を付け足した。

「そんなことまであったのか」

勘蔵はあらためて驚き、

「だが、お前が案じていたようなこたぁ、なんもなかったぜ」

首を真横に振った。

「良かった」

風介は安堵した。長く胸に凍りついていたものが、ようやく溶けた。

「お前が生きてると知ったら、どんなに喜ぶことか」

「……」

「風介、どうした、その顔は？」

「おみよさんには伝えないで下さい」

「はあ？」

「あっしは死んだ、それでいいんです。あっしのことは、忘れちまったほうがいい。いや、もうとっくに忘れてるはずです。あれから二年半も経つんですから」

「忘れてなんかいねぇ。俺が忘れられねぇのに、おみよが忘れるわけもねぇ」

「だったら、早く忘れるようにしてあげて下さい」

「どうやってだ？」

勘蔵が目を怒らせた。

「嫁に出せば、いいじゃないですか。おみよさんなら、引く手、あまたでしょう。というか、どうしてもっと早く、そうしなかったんです？」

「しようとしたさ。女房がな。だが、おみよは聞く耳をもたなかった」

風介は、一瞬、返す言葉を失った。おみよは死んだ俺に、操立《みさおだ》てをしていたのか。そうまで、想ってくれていたのか。

嬉しくないはずがない。が、それを喜ぶわけにはいかない。

「駄目です。首に縄をつけても、そうするべきです」

「できたら苦労しねぇよ」

「だったら、ほかにどうするんです？」

「お前は無実なんだ。しかも同心に罪を着せられた。畏《おそ》れながらと奉行所に訴えて、疑いを晴らせばいいじゃねぇか」

「それが出来たら、とっくにやってます。奉行所は、あっしの話なんか信じてくれません。もし信じてくれて、殺しの罪が晴れたとしても、こんどは牢獄破りの罪を問われます」

「そうするしかなかったんだ。奉行所もわかってくれるさ」

「あっしも、こんな目に遭うまでは、お奉行さまや同心は、みんな立派な人だと信じてました。ですが、ぜんぜんそうじゃなかった。長英さまだって、本当はちっとも悪くないんです。本物の悪党は、奉行所にいるんですよ」

「……」

勘蔵が沈黙した。

「とにかく、あっしのことは、おみよさんに話さないで下さい。それだけは、お願いします」

生きていると知れば、一時はおみよを喜ばせることもできるだろう。できたとして、そのあとはどうなる？　お尋ね者を想い続けて、独り身を通すのか。

「……わかった。そうするしかねぇな。お前のいう通りにするよ」

風介の真意を汲み取った勘蔵が、かぶりを振りながら答えた。

「ところで、お前はこれからどうするつもりだ？」

「仙台で暮らします。鈴木忠吉という親分の世話で、植木職人として働きます」

「そうか、仙台なら暮らしが立つのか。それも職人が出来るのか。それは良かったな」

「ええ、親方に鍛えて貰ったお蔭で、生きていけます」

「俺のお蔭だと、くそっ。俺を泣かせて、面白がってやがるな」

「ええ、悔しかったら、あっしのことで泣くのは、もう止めて下さい」

「まったく、ああ言えば、こう言い……お前、なんか変わったな。昔は俺の言うことに、へえしか言えなかったもんだが」

「へえ」

「まったくもう、親をからかいやがって……。どこにいようと、なにをしていようと、おみよの亭主であろうとなかろうと、お前は俺の大事な倅《せがれ》だ。それだけは忘れんじゃねぇぞ」

「へえ」

胸が詰まった風介は、蚊の鳴くような声で答えた。

翌朝早く、風介は勘蔵に見送られて旅籠を出た。

これで見納めになると、心のどこかで感じていた。親方もそうだったのか、あえて別れの言葉を口にしなかった。

「朝帰りしたわけを、家に帰るまでに、適当に見繕っておかねぇとな」

代わりに、そんなことを言った。

時折、振り返っては、そのたびに小さくなる勘蔵へ、風介は手を振った。

ついに勘蔵の姿が見えなくなったとき、これでなにかが終わった気がした。

胸の底が冷たくなった。なんとも言い難い寂しさを覚えていた。

長英と別れ、勘蔵とも別れた。そのつど味わった寂しさとは、また違うものだった。

おみよとの絆が、これで完全に切れた。その思いからくる寂しさだった。

弘化四年（一八四七）の五月になった。

その日は朝から慌しかった。妻のゆきが、にわかに産気づいていた。

いつもなら、起きるとすぐに奥の一室に閉じこもり、文机に向かう長英も、仕事が手につかなくなった。

長女のもとは、長英が牢獄にいるときに生まれた。出産に立ち会うどころか、七つになるまで顔を見ることもできなかった。

こんど生まれてくる赤子は、この手で抱き締めたい。出産を終えた妻を、心から労《ねぎら》ってやりたい。前回は、したくても果せなかった悔いが、長英を駆り立てていた。

かと言って、男に出来ることなどそうはない。

土間に立って産湯《うぶゆ》を沸かしてからは、ゆきの手を握って励ましていた。それも産婆も駆けつけてからは、かえって邪魔になった。

産婆は内田の紹介による老女で、長英の事情も呑みこんでおり、その意味でも安心して任せられる相手だった。むろん、産婆のほかには手伝いもいない。

手持ち無沙汰になった長英は、仕方なく竈《かまど》の前に座り込んで火加減を見ていた。なにかして誤魔化さないではいられない気分だった。

朝、ゆきが陣痛《じんつう》を訴えてから、もうじき昼になろうとしている。廊下の向こうか

ら聞こえる呻き声は、次第に忙しないものになっていたが、

——うう、それにしても遅い。まだ生まれないのか。

それがなおさら、長英の気持ちを煽っていた。ゆきの苦しみが、早く終わって欲しかった。なにも出来ない自分がもどかしかった。

当事者であるゆきとはまた違う意味での苦痛を長英は味わっていた。

出産が長引くことが、なにを意味するかを知らぬ長英ではない。ゆきの身も案じられた。そうなると、母子ともに失うこともあり得る。

いったん悪いほうへ考えが転びだすと、とめどなく気分が暗くなってきた。

なにしろ、自分は不運な星の下に生まれついている。国の行く末を案じて書いた『夢物語《ゆめものがたり》』が元で罪人になった。地獄そのものの牢獄に閉じ込められた。

しかしいまでは、『夢物語』の中で述べた意見そのままに幕府が動いている。異国船を打ち払う強行策を捨て、穏健《おんけん》な対応を講じるようになった。

——もっと時機を見て、『夢物語』を書けば良かったのだ。

時期尚早だった。幕府が聞く耳を持つようになるのを待てば、罪人になることもなく、むしろ幕府は、自分に活躍の場を与えただろう。

脱獄にしたところで、あとたった二月あまり我慢していれば良かったのだ。鳥居が失脚して風向きが変わり、無罪放免になった……。

ゆきが無事に出産したとして、はたして暮らしていけるのか。いま手がけている洋書の翻訳が完成するのは、まだ先のことだ。翻訳を終えたとしても、金を手にできるのは、さらにその先になる……。

かといって、もう人の援助は頼れない。すでに充分な、いや充分ではとても足りないほどの援助を受けている。自分とかかわるだけで、お上の咎めを受けるのを承知で、よくしてくれるのだ。そんな人々に、これ以上、迷惑をかけるわけにはいかない。

かつては強請《ゆすり》たかりも同然に、知人から金を借り、踏み倒して平然としていた長英は、すでにいなくなっていた。いまの長英は人の温情に心から感謝の念を覚え、いくらかでも返礼したいと願うようになっていた。

——ようやく摑んだと思った人並みの幸せも、また指の隙間から零《こぼ》れ落ちていくのか。

目の前が真っ暗になったそのとき、

「おぎゃあ」

と元気な産声《うぶごえ》があがった。

——生まれた！

気がついたら、廊下を走っていた。

「ととさま」

それまでどこかで遊んでいたもとが廊下の奥にいて、長英の足元を指差した。

「おお」

草履を履いたままだった。慌てて脱いだ草履を抱えて、障子の前に立った。

「開けても良いか？」

「ちょうど、出ようとしたところです。どうぞ開けて下さいまし」

産婆が言った。長英は手付きももどかしく、障子を開け放った。赤子を抱いた産婆が、目の前に立っていた。

「産湯を使いますから、ご一緒に」

それだけ言うと、ろくに赤子を見せるでもなく、産婆は長英の脇を通り抜けた。

廊下を抜けて土間へ降りると、産婆は赤子を長英に預けた。鍋の湯を盥に移し、水で温《ぬる》くしていく。

長英の腕の中で、ころころと太った赤子が、顔をくしゃくしゃにして泣いていた。知らず知らず、長英の頬が緩んだ。言いがたい喜びを覚えていた。

「ととさま、もとにも」

もとが爪先だちになって、長英にねだった。

「おうおう」

と長英は腰を屈めた。

「なんだ、ちっとも可愛くない」

もとが詰まらなさそうに言った。

「いまはな、でもすぐに可愛くなるぞ」

産婆が手を伸ばした。大切な宝物を扱うように、その手に赤子を預けた。

「妻の様子は……」

元気な赤子を見たら、妻のことが気になっていた。

「心配されるようなことはなにも。それより行ってあげて下さい。こっちはひとりでも、なんとかなりますから」

産婆が快く言ってくれた。

ゆきは穏やかな笑顔で横たわっていた。女にしか味わうことのできない、深い悦《よろこ》びに満たされていた。

枕もとに座って、長英はゆきの手を握り、じっと目を見つめた。

言葉はいらなかった。長英の気持ちは、しっかりとゆきに伝わっていた。

最前まで心を暗くしていたのを、長英はすっかり忘れ、深い幸福感に、ただ包まれていた。


背中に降り注ぐ陽の光が、心まで暖めてくれるようだ。

「良かった、うん、良かった……」

風介は植木鋏を操りながら、呟かずにいられなかった。

長英が男子を得たという報せを、一月遅れで米吉が文で報せてきたのは、今朝、仕事へ出る前だった。

忠吉親分から聞かされた風介は、わがことのように喜んだ。

「融《とおる》と名づけられたそうだ。人と仲良く暮らしていけるように、ということらしい」

融合の意であったが、風介には意味不明だった。漢字でどう書くのかもわからないが、

「とおる、とおるさま、いい名前ですね」

言葉の響きが気に入った。

忠吉が祝いを送ると言うので、風介も便乗することにした。

仙台へ来てすぐ、風介は仕事を始めていた。忠吉宅の住み込み職人のつもりだったが、忠吉の思惑は違っていた。忠吉宅の庭仕事はむろんとして、それ以外にも仕事の口を探してくれたのである。

当然、外へ出なくてはならないので、その点については不安があったが、いざやってみると、別段、問題はなかった。

それでも用心は続けた。用のない限り、外には出ないようにしている。外へ出ても偽名を名乗っていた。

勘太《かんた》である。勘蔵の名を勝手に拝借《はいしやく》した。倅だと言ってくれた勘蔵の気持ちに応えたくて付けた名だった。

経歴についても、忠吉親分が適当にでっち上げてくれた。江戸のある武家屋敷で仕事をしていた風介と偶然知り合い、腕に惚れこんだ忠吉が、仙台へ呼び寄せたことになっている。

そのうえで忠吉が探してくれた仕事先は、たいていがいま来ているような隠居宅だった。そういう家には、人の出入りがほとんどなく、しかも使い道のない金を蓄えているので払いも良かった。

ともかく風介は、長英に祝い金を送れるようにまでなっていた。

長英は風介に済まないと感じているはずだった。忠吉の下で肩身の狭い思いをしているのではないか、風介を行かせたのは間違いだったのではないか、そんなふうに悔やんでいる。風介にはそんな長英の気持ちが、手に取るようにわかっていた。

祝い金を送れば、それが払拭《ふっしょく》できる。

風介はちゃんとやっていると感じ、長英は風介のことで悩まなくて済む、しかも、長英の暮らしの支えにもなる。

風介はいまはひとりで寝起きしている土蔵へすっ飛んで行き、この半年で貯めた三両を紙に包んで忠吉親分に託したものだった。

「ほう、こんなに稼いだか」

忠吉親分も褒めてくれた。いま思い出しても、誇らしい気分になる。

「良かった、良かった……」

風介はまた呟いた。これからも精一杯働いて、長英さまに仕送りをしよう。そんなことを思いつつ。

夕刻まで働いた風介は、忠吉宅へ戻った。裏口から入って井戸端で足を濯いでいると、

「おう、戻ったか。そろそろ帰ってくる頃合だと思ってたぜ」

喜平だった。待ち受けていたような口ぶりに、

「なんか、私に用でも？」

と風介は応じた。

「そういうこった。お前、勘蔵って名に心当たりはあるか？」

勘蔵と聞いて風介が思いだす名は、ひとりしかいない。

「ありますが、いったい？」

喜平の口から、勘蔵の名が飛び出すのは、おそよ尋常とは思えなかった。

厭な予感がした。勘蔵の口から風介の生存と居場所が漏れ、探索方が探りを入れてきたとも考えられる。

「やっぱり、やばい相手なのか？」

たちまち顔色を変えた風介に喜平が聞いた。

「そんなことより、なにがあったんです？」

「ついさっきな、勘蔵と名乗ったおっさんが、ここに風介がいるだろうって、尋ねて来たんだ。お前に客があるとは聞いてなかったから、そんな奴は知らねぇと言って、追い返した」

勘蔵と名乗った男の風貌《ふうぼう》について聞くと、勘蔵と一致していた。別人とは思えなかった。

「なんの用で来たか、言ってましたか？」

「それを聞く前に追い返した。まずかったかな？」

「いえ、そんなことは」

喜平の対応は間違っていない。むしろこちらから用件を訊ねたりすれば、風介がいると認めたことになってしまう。

しかしそれはそれで、もし勘蔵が探索方とはなんの関りもなく、遠い仙台へ自分を尋ねて来ていたとしたら……。

風介は考え込まずにはいられなかった。

と、ふいに、喜平が風介の肩をぽんと叩いた。にやにやしている。

「そんなこともあろうかと、あとを尾けておいたぜ」

「え？」

「町外れの旅籠に入った。まだそこにいるはずだ」

「さすが、喜平さん」

忠吉親分のお気に入りだけのことはある。喜平はやることにそつがなかった。

「どうする？　会ってみるか？」

「顔だけでも確かめておいたほうが良さそうですね」

「だな。俺が一緒に行って、勘蔵とやらを旅籠の外へ連れ出してやる。お前は、こっそり物陰から確かめるといい。それからどうするかは成行きで」

「お願いします」

喜平の案内で、町外れの旅籠へ向かった。忠吉宅からは六町ほど離れていた。

二間巾の路地を挟んで、旅籠の真向かいに荒物屋があった。風介は客を装《よそお》って
そこへ入り、戸口に半身を隠すようにして、そこらに並んだ商品を物色するふりを
した。

喜平はしばらく旅籠の廻りをぶらついて見張りの有無を確かめてから、旅籠の暖《の》
簾《れん》を潜った。

しばらくして喜平が出てきた。うしろに続いたのは、間違いなく、あの勘蔵だっ
た。

「親方……」

風介が小さく漏らしたとき、もうひとり出てきた。

「えっ！」

勘蔵の背中に隠れるように出て来たのは、小柄な女――おみよだった。

自分が思った以上に、大きな声で叫んでいたらしい。おみよが顔を向けた。視線
が絡み合った。

ハッとして、目を瞠《みひら》いたおみよが、吸い寄せられるように風介に近づいてきた。

風介の面前で足を止め、半開きにした唇を、わなわなと震わせながら言った。

「ほんとに生きていたのね」

あとは双眸《そうぼう》を潤ませるばかりだった。

「……」

風介は言葉を失い、呆然と立ち竦んでいた。


「おいっ、風介、ちゃんと聞いてたのか?」

喜平が顔を覗きこんでいた。

「えっ、はい、いいえ、なんだかよく……」

急に我に返った風介は、しどろもどろな返事しかできなかった。

風介は、なにを聞いても、他人事のようにしか聞こえなくなっていた。

旅籠の前から忠吉宅へ場所を移していた。忠吉親分も交えて対面していたが、自分だけ、その場から遠く離れたところにいる気分だった。

「風介には、おみよには言うなって、釘を差されたんですがね。あっしもそのつもりだったんですが、どうにも腹に溜めてられねぇ性分で、つい、ぽろっと……。そしたらおみよが、どうしても、風介に会いてぇって。止めとけ、諦めたがいい、さんざん言い聞かせはしたんですが、いったん言い出すと聞きゃしねぇ、とんだ強情娘で。しまった、話すんじゃなかった、後悔したときには遅かった。でも、こっちも親ですからね。娘にどうしてもって言われりゃ、情にほだされようってもんで、それで江戸を出て来たって寸法でさ」

出だしが、そんなところで始ったのは覚えているし、途中まではついていけた。風介の暮らしぶりや、仙台にいれば安全なのか、勘蔵と忠吉親分の間でそんな話が交わされていた。

それがいきなり、

「風介が親分さんのお蔭で、ちゃんと暮らしてるのを見て、あっしもひと安心しました。ついては、親分さん、おみよの面倒も見てやっちゃもらえませんか？」

勘蔵が頭を下げ、

「承知しました」

忠吉親分が応じる場面になるに至り、とたんに風介の頭に霞がかかった。そこからあとは、なにを聞いても右から左、という次第だった。

「だからよ、お前はおみよさんと、仙台で暮らす気があんのか？」

「えっ？」

「やっぱり聞いてなかったな」

「すみません」

くすくすと笑いが起きた。おみよも笑っている。それを見て勘蔵が顔を顰《しか》めた。

いや、よく見ると勘蔵は涙を堪えている。

さすがの風介も、ようやく話が飲み込めた。ようするに、風介とおみよを夫婦にしようという話になっていたのだ。

「で、でも、おみよさんは、どうなんです？」

優柔不断《ゆうじゅうふだん》な風介は、咄嗟に話を振った。

「お前、馬鹿か。お前に会いたくて、おみよさんは、はるばるここまで来たんだろうが。否も応もねぇだろ！」

喜平に怒鳴られた。

「わ、わかりました」

「いいんだな？」

「はい」

喜平の勢いに押されていた。

「でも、そんなことして大丈夫なんでしょうか？」

いまさらのように不安になった。

「その話も、とっくに済んでる。いいから、お前は大船に乗った気でいろ」

「は、はい」

こうして風介とおみよが夫婦になるという、夢のような話が纏まった。

実際、風介は夢見心地になった。

ようやく実感できるようになるのに、まる一日かかった。

実感は、突然やって来た。昨日と同じ隠居の家で、仕事をしていたときだった。

気がつくと風介は、口を半開きにして、にたにた笑っていた。

ちょうど三年前の今頃、おみよとの祝言が間近になったとき、自分が同じ顔をしていたのを思い出した。

あれからいろいろとあった。苦労の連続だった。おみよとのことは諦めざるを得なかった。その諦めていたことが、三年越しに実現しようとしている。

大船に乗った気でいろと喜平に言われたが、それでも不安な材料はいくらでもある。

だが、そんなことがなんだと思った。

――おみよがいてくれる。おみよがいてくれれば、ほかにはなにもいらない。おみよとの暮らしを俺は護ってみせる。

風介は天を見上げて誓《ちか》った。

夏の青空が、ひたすら眩しく映った。

終章

——次はわしの番だな。

国定忠治がついに御縄《おなわ》になったとの噂を耳にした長英が、最初に思ったのはそのことだった。

関東取締出役・関畝四郎《せきうねしろう》の率いる捕り方が、上州田部井《たべい》村名主・西野目宇右衛門《にしのめうえもん》宅に匿われていた忠治を捕縛したのは、嘉永《かえい》三年（一八五〇）八月二十四日のことである。捕縛される一月ほど前に忠治は中風を患っており、抵抗することなく捕らえられた。

弘化元年（一八四四）暮れに別れて以来、忠治の消息は米吉を通じて伝えられていた。

それによると、長英、風介と江戸で別れてからしばらくして、忠治は故郷赤城《あかぎ》の盗区（縄張りのこと）に戻っていた。

地元における忠治の人望は絶大なものがあり、追われる身でありながら、故郷で暮らすにおいて、さしたる危険はないということだった。

発覚すれば、お上から咎めを受けると知りながら、忠治に便宜を図ることを躊躇しない地元民が大勢いたのである。なぜそこまで忠治が敬愛されたのかというと、それには天保の大飢饉《ききん》が関係していた。

天保四年（一八三三）から七年（一八三六）に起きた飢饉は上州をも襲った。このとき忠治は、窮民の救済に尽くした。私財を投じたばかりではなく、近隣の町の商家などを回って寄付金を集めた。根本から飢饉に陥らないようにと、治水《ちすい》事業まで主導したのである。

去年の十一月、忠治は跡目を子分に譲り、隠居の身になっていた。

かつて忠治を支えた股肱《ここう》の子分たちが次々と捕まって処刑され、勢いを失った忠治が弱気になったせいだというが、それを聞いたとき、

――あの忠治が？

と長英は首を捻ったものだった。だが、最近では忠治が気概を無くしたのも、理

解できる気がしている。

長英も同じだったのだ。気力が尽きかけていた。逃亡生活がいかに人を疲弊《ひへい》させるか。それは追われる身になってみなければ、けして わからない。

常に身辺の物音に脅えて暮らさねばならない。寝ても見るのは捕まる夢ばかりだ。なんど悪夢に魘されて、暗闇で目を覚ましたことか。

しかも、長英はずっと江戸にいたわけではない。

一昨年にあたる嘉永元年（一八四八）の四月から翌年一月にかけては四国の宇和《うわ》島《じま》にいた。それは藩主・伊達宗城《だてむねなり》の招聘《しょうへい》によるものだった。

宗城は、安政《あんせい》の大獄に際して隠居謹慎の処分を受け、維新後は四賢侯と称されることになる開明派の藩主で、長英が罪を問われて投獄されたことを惜しみ、脱獄したと知ってからは行方を探っていた。内田が宗城の動きに気づき、仲介の労を取って、長英は宇和島藩に招かれることになったのである。

むろん幕府の目から隠れてのことだった。宇和島では、宗城が望む西洋兵書の翻訳をしたのみならず、一部の藩士に語学を教え、さらに当時、宇和島藩が計画を進めていた砲台建設にも助力した。

家族と別れて暮らさなくてはならなかったが、脱獄して以来、この時期が長英にとって、もっとも充実していた。しかし、それも一年足らずで終わった。江戸の藩邸から、幕府が長英の宇和島藩潜伏に気づいたらしいとの報せがもたらされた。

それが事実かどうかは問題ではなかった。宇和島藩に累が及ぶことを危惧した長英は、ただちに宇和島を離れた。広島、大坂、名古屋などの各地を転々と逃げた。再び、極度の緊張状態に身を晒すことになった。

そしてようやく江戸へ戻ったのが、その年の八月……。

そこまで苦労したのは、すべて翻訳に取り組むためだった。なにもかも、そのための犠牲だった。

長英は、まさに取り憑かれたように仕事に打ち込んだ。その甲斐あって、ここ数年で、『兵制全書』『三兵答古知機《さんぺいたくちき》』『礮家《ほうけ》必読』などの兵書のほか、語学入門書の『旁訳洋文解』を書き上げた。

それだけのことを為した情熱が、あたかも蠟燭が燃え尽きるように消えかかっている。

——こうなると、わしももう役立たずだな。

思わず、苦笑した。情熱を失ったことを惜しんでのことではない。それを惜しむ気力すら、残っていなかった。

——無理もないか。

長英は今年で四十七歳になる。そして忠治は四十一歳だ。自分より若く、しかも豪胆な忠治が弱気になるくらいだから、むしろ自分は、よくもったほうかも知れない。

——そういえば、風介はどうしているだろう。

ふと、思い出した。

風介は忠治が好きだった。忠治を見る眼差しには敬意すら感じられた。そんな風介が、忠治が捕らえられたと知れば、と思ったのだ。

風介が仙台へ行って以来、一度も会っていない。無事、過ごしているとは聞いている。妻を得たとも。

風介の顔が脳裏に浮かんできた。馬鹿がつくほど正直な、愛すべき男の顔が。

——もう会えないのだろうか。死ぬまでにもう一度、もう一度だけでいいから会いたい。

長英は、我が身の行く末がそう長くはないと、心のどこかで悟っていた。

ここにも死期を悟った男がいた。いや、悟らざるを得ない男が。

――おじごのいう通り、あんとき、思いきって死んどきゃ良かったな。

心中で呟いたのは、忠治だった。

妾《めかけ》のまちと同衾《どうきん》中に発病して病の床についた忠治に、文を送り、自決を勧めたのは、大前田《おおまえだ》の栄五郎《えいごろう》だった。中風を治す薬はない。不自由な身体で役人に捕まってしまうくらいなら、いっそ自分で始末をつけろと。

栄五郎は清水《しみず》の次郎長《じろちょう》、江戸の新門辰五郎《しんもんたつごろう》と並び称される大侠客で、忠治は十七歳のときに賭場の揉め事で人を殺して川越へ逃れ、一年ほど栄五郎の世話になった。また栄五郎の紹介で、忠治は上州百々村《どうどうむら》の紋次《もんじ》の子分となり、三年後には紋次が死んで、その縄張りを受け継いだ。栄五郎は忠治の恩人だった。

その恩人の勧めを、俺が死ねば、縄張りを分捕る気だろうと、忠治は鼻の先で笑った。

自決する気など、さらさらなかった。赤城さえ離れれば、役人に捕まることはないと思っていた。会津《あいづ》でのんびり余生を送るつもりだった。

甘かった。

明日は会津へ旅立とうという前夜に踏み込まれた。こうして捕まってみると、栄五郎の勧めに従っておけば良かったとつくづく思う。

捕縛された当初、忠治は伊勢崎《いせざき》藩の陣屋内にある牢屋へいったん入れられたが、何箇所かを経て、九月末にここ、玉村《たまむら》宿の旅籠へ連行されていた。

役人たちが居場所を転々と変えたのは、忠治が奪還《だっかん》されると恐れたからだった。

忠治捕縛の噂が拡がるとすぐに、国定村を始めとする周辺の十五ヶ村、さらに関東一円からも、忠治に対する助命嘆願書《じょめいたんがんしょ》が提出されていた。その嘆願が、奪還に変わる可能性が大いにあり得たのである。

玉村宿の旅籠もそっくり借り切られ、中にも外にも大勢の警護が配置されていた。

そこまでしなくても良かろうに、と忠治が呆れるほどの物々しさだった。

病身の忠治は旅籠の一室で、ほとんど寝たままの状態で、関東取締出役・中山誠《なかやませい》一郎《いちろう》の取調べを受けた。

それが先日、終了し、いよいよ明日十月十六日、江戸送りと決まっていた。

江戸で判決が下れば、まず死罪は免れない。公開の場で処刑されることになる。

――見世物にされるのは真っ平だ。

忠治が初めて関東取締出役に追われるようになったのは、天保六年(一八三六)だった。以来、十四年もよくぞ逃げ回ったものだが、それはさておき、手配されたのは縄張り争いから忠治が島村《しまむら》の伊三郎《いさぶろう》という博徒を殺したのが理由とされた。

じつはそれは、単なるこじつけにすぎなかった。

堅気の衆がいてくれるからこそ、自分たちのような破落戸《ごろつき》が生きていけると忠治は弁《わきま》えている。その堅気衆が困っているなら、救うのは当然と考え、あの飢饉のときに窮民を救った。

一介の博徒でしかない忠治が、本来、政道が果すべき仕事を代行し、しかもそれで人気を得た。それがお上の気に障ったのだ。

忠治の存在そのものが、お上には批判と映った。だから忠治を排除しようとした。

そんなカラクリが読めぬ忠治ではない。

そして自分の処刑が、世間への見せしめとして実行されるであろうことは、火を見るより明らかだった。

無宿、無道、まさに男気だけで世渡りしてきた自分が、公衆の面前で見世物さながらに処刑される。お上に逆らう者はこうなるぞと言わんばかりに。

四十を越えたとたん、自分でも呆れるほど弱気になったと感じるが、そんな無様な死に様を恥と思うだけの気力は残っていた。

――いささか遅すぎたが、まだ間に合う。

昼夜の監視を受けている。そんな状態では、自決もままならないが、唐丸駕籠に乗れば、なんとかなるだろう。舌を噛んで死ねばいい。

忠治は最後の決断をした。


そして翌朝――。

「なんじゃ、こりゃ？」

唐丸駕籠の前に立った忠治は、目を疑っていた。

どう見ても特注の駕籠だった。この日に間に合うように新調されたに違いなく、瑞々《みずみず》しい青竹が、ぷんといい匂いをさせていた。

ゆったりと大き目に作られたうえに、駕籠の底に上州産の絹を使った御召縮緬《ちりめん》の敷布団が、なんと三枚も重ねられている。まるで雛壇《ひなだん》のように誂《あつら》えてある。

——ふふふ、徳《とく》め……。

忠治には三人の女がいた。正妻の鶴《つる》、先に述べた妾のまち、そしてやはり妾の徳である。

徳は三人の中で一番若く、忠治より六つ年下だったが、いわゆる烈女で、忠治の不在中、一家を切り盛りした。その気の強いところを、忠治はこよなく愛していた。

駕籠に乗り込む前に、忠治は御召縮緬の小袖五ツに着替えていた。

それが徳の差し入れであると役人の口から聞かされていたが、着物と揃いになった座布団を見て、唐丸駕籠を誂えたのも徳だと気づいたのだった。

と、同時に、

——舌を嚙むわけにはいかなくなったな。

徳は忠治に、男の花道を飾らせようとしている。あんたは、しみったれた博徒として死ぬんじゃないよ。いいかい、思いっきり、男伊達を見せつけてやんな。

そんな徳の声が、聞こえてくるようだった。

見せしめとして処刑されるのを恥としか感じなかった。徳はそれを逆手に取り、国定忠治の名に恥じぬ立派な死に様を演じるよう諭している。

――ありがとよ、徳。俺のとんだ了見《りょうけん》違いだった。よく教えてくれた。虎は死して皮を残すというが、俺は死んで名を残してみせるぜ。

「さっさと乗らぬか！」

役人が小突いた。

「がたがた言うな、煩せぇぞ」

忠治が睨み返すと、役人の目に脅えが走った。忠治は往年の気迫を取り戻していた。

唐丸駕籠に乗り込んで、分厚い座布団に、どっかと腰を据えた。

すぐに、護送が開始された。警護は百人近くもいる。まるで大名行列だった。

宿場を出ると、沿道に人が連なっていた。役人を憚《はばか》り、さすがに声を掛ける者はいないが、みな忠治を見送りに出た人々だった。

忠治に向かって手を合わせる者がいる。その場に膝を揃え、地面に額を擦り付ける者もいる。

——こんなやくざな俺に、なんともありがてぇこった。

忠治は目に涙を浮かべつつ、手を振って応じた。

沿道の連なりは、なかなか途絶えなかった。玉村宿を出て四半刻過ぎても続いていた。

「うん？」

なにしろ畑の瓜のように、人の顔がびっしりと並んでいた。危うく見逃すところだった。

——風介っ！

笠を被っていても、見間違うものではない。

折にふしては思い出していた。風介の顔を思い浮かべるだけで、忠治は心の安らぎを得ることができた。あんな正直者がいる。世の中、捨てたもんじゃねぇと。へなちょこにしか見えなくとも、芯の強い男だ。あれだけ酷い目に遭ってきたのに、人を恨まず、ぐれもせず、まっとうに生きようとする。とてもあいつにはかなわねぇとさえ思っていた。

いつかまた会いたかった。会津に隠棲したら、仙台から訪ねて来るよう頼むつもりでいた。それがまさか、こんな形で再会できたとは。

――よく来てくれたな。

俺が捕らえられたと知って、危険を顧《かえり》みず、駆けつけてくれたのか。それを思うと、胸に込み上げるものがあった。

一声でいいから、かけたかった。

だが、そのたった一言が、風介の身を危うくする。忠治は喉元まで出かかった言葉を呑み込んだ。

なに喰わぬ顔を決め込んで、目の端で風介の姿を追った。

風介は、なんとも言いがたい表情を浮かべていた。

悲しみを表に出さないよう、顔を作っているのだろう。唇を固く噛み締めていた。

その顔も、

――これで見納めか。

忠治はしっかりと脳裏に刻み込んだ。

——ああ、忠治さんが行ってしまった。

膝から力が抜けた。その場に崩れそうになる。なんとか踏ん張った。

風介は地面に視線を落として息を整えた。長い行列が通り過ぎた頃には、いくぶんか落ち着いた。

とぼとぼと歩き出した。行列の進行方向とは反対に、玉村宿のほうへ向かった。

しばらく行くと茶店があった。風介は縁台に腰を下ろして、茶を啜りだした。

——忠治さん、ちゃんと気づいてくれたな。

さっきのことを、ようやく振り返れるようになった。

忠治は風介に視線を止めた刹那、頬をぴくりとさせた。風介の姿を認めて驚いたのだ。

——やっぱり、来て良かった……。

沿道の人垣には、ぎょっとした。忠治の人気に唖然ともさせられたが、こんなに大勢の人がいては、とても忠治が自分を見つけられないだろうと思った。

でも、上手くいった。わざわざ来た甲斐があった。

忠治が捕まったという報せは、半月前に仙台に届いた。その日から、風介は仕事が手につかなくなった。日に日に口数が減った。

そんな風介を、おみよが心配して、ある日、訊ねた。

「なにかあったの？」

「いや、別に……」

「いいから言って」

「うん、じつは……」

忠治のことを伝えた。おみよはしばらく考えてから、

「……忠治さんに会いたいのね？」

風介の目を見て問うた。風介は小さく頷いた。

「でも、わたしに遠慮して言い出せなかったのね？」

「……うん」

なにもかも図星だった。おみよは、またしばらく考え、

「行ってくれば」

さらりと言った。

「え、いいのか？」

「うん、いいよ。むしろ行ったほうがいいと思う」

「どうして？」

風介のほうが、逆に問い返していた。

「行かなかったら、風介さん、きっと一生後悔するから」

「でも俺が捕まったら？　俺はなにより、お前が一番、大事なんだぞ」

「そんなことはわかってる。それでも行ったほうがいい」

いつの間にか、立場が逆転していた。風介のほうが説得されていた。

「なんとなくだけど、そんなことにならない気がするし」

「なんとなくかよ」

「うん。でも、お天道さまはわかってる。この正直者には借りがあるって。そろそろ、いい目を拝ませてやらないと、わしのことを信じなくなるって」

おみよは、ぺろっと舌を出して言った。

「お前とこうして暮らせるだけで、じゅうぶん貸しは返して貰った。これ以上、望んだら、ばちが当たるんじゃないのか」

「そんなもんじゃや、まだまだ足りないわよ」

「そうかな」

「そうだよ」

さしたる根拠もなく、おみよは言い切った。一緒に暮らすようになって、おみよは以前のように明るくなっていた。なにが楽しいのか、いつもにこにこしている。

もともと楽天的なおみよが、心配性の風介を励ますことのほうが多くなっていた。

「でも、これだけは約束してね。なにがあっても、絶対、帰ってくるって」

「あたりきしゃりきの、こんこんちきだ」

風介は笑って答えたものだった。

おみよのお蔭で、忠治に会うことができた。元気な姿を忠治に見せることができた。

風介が忠治に会いたかった理由は、まさにそれだった。

元気な姿を見せることで、感謝の気持ちを伝えたかったのである。忠治さんと会わなければ、自分はいまこうして生きてはいなかったと。

――さて、そろそろ行かないと。

風介は腰を上げた。もうひとつやっておきたいことがあった。それもまた危険を伴うことだった。

風介は、気を引き締め直して、歩を踏みだした。


「おお……」

玄関先へ走り出た長英が、そう言ったきり、棒を飲んだように固まった。

前もって報せてなかっただけに、いきなり現れた風介を見て仰天するのも無理はなかったが、

——ええっ、この顔はいったい？

風介は長英とは違う意味で驚き、息を呑んだ。なにがあったんだ？　どうしてこんな顔になられたのだ？

長英は顔の左側に酷い火傷《やけど》瑕《きず》を負っていた。額から喉にかけて皮膚が茶褐色に変色し、縮れている。左目の瞼は腫れあがり、半ば潰れていた。

「……風介が見ても、わしとは思えぬようだな」

長英が、ただでさえ引き攣った頰を歪ませ、自嘲の笑いを漏らした。

「火事に遭われたのですか。そんな話は聞いてませんでした」

風介は、ほかに理由を思いつかなかった。

「いや、自分で焼いた」

「ご自分で？」

意味がわからなかった。

「ここまでやれば、誰もわしとは気づかぬ。そう思ってな」

意味を察すると同時に、風介は言葉を失った。長英が、町医者を開業したとは聞いていた。そんなことをして大丈夫なのかとは思ったが、それほど心配はしなかった。

頭のいい長英が、無茶をするはずがない。また脱獄してから六年になる。いまでは、ほとぼりも冷め、江戸にいてもさほど危険はなくなったのだろうぐらいに思っていた。

そうではなかった。顔を変えて別人に成りすまさなくては、顔を晒す仕事はできなかったのだ。風介は己の考えが浅かったことを恥じた。

「ここへはひとりで来たのか？」

同情されたくないのだろう。長英はそれ以上、顔のことには触れず、話題を変えた。

「ええ、千住宿で米吉さんに会って、道順を教えてもらいました」

言いながら気づいた。長英の問いは、たんなる挨拶程度のものではなく、不安から発せられたものだと。

「誰にも尾けられていません。なんども確かめながら来ました。それに米吉さんが丁寧に説明してくれましたから、近所で、うろうろすることもありませんでした」

米吉は千住宿に住んでいる。そこへ寄って、いまの長英の住居が青山百人町《あおやまひゃくにんちょう》にあることと、そこまでの詳しい道順を聞きだしていた。

風介は経緯を語ることで、長英の不安を取り除いた。そうしつつ、いまでも長英の暮らしが危険と背中合わせであると、あらためて痛感した。

それに比べれば、仙台での暮らしは、はるかに安全だった。それが申し訳ないような気がした。

「おやおや、そんなところで立ち話ですか。お酒の用意をしましたよ」

長英の妻・ゆきが、ふたりに呼びかけた。風介が訪れたことを長英に伝えたゆきは、すぐに酒肴《しゅこう》の準備を整えていた。

「まさか、このまま帰る気ではなかろうな」

「お邪魔でなければ、久しぶりにお話をしたいと思って来ました」

「そういうことなら、きょうは泊まって行け。ふたりで飲み明かそう。お前も少しは呑めるようになったか？」

長英が機嫌良く、矢継ぎ早に言った。

「そうさせて戴きます。でも、相変わらず下戸《げこ》です」

「そうか、下戸か」

座敷には炬燵《こたつ》があった。そこで差し向かいになった。さっそく長英は、湯呑みで酒を飲み始めた。風介も猪口を嘗めて付き合った。

「子供たちはもう寝てしまったが、明日の朝、お前を見たら喜ぶぞ」

「あのとき七つだったもとちゃんが、もう十一ですよね。私の顔を覚えててくれるかな」

なにげなく口にしてから、『顔』はまずかったと風介は後悔したが、長英はなにも聞こえなかったように続けた。

「融が四つ、理三郎《りさぶろう》はまだ生まれて間もないが……。時の過ぎるのは早いものだな」

長英は第三子を得ていた。仙台へ移ったとき、融はゆきのお腹の中だった。融と理三郎はまだ見たことがない。会うのが楽しみだった。

「ほんとに早いもんですね」

風介もしみじみと感じ入った。

「お前のほうはどうだ?」

「お陰さまで」

「それだけではわからぬ。おみよさんとは、うまくやっているのか」

「ええ、私にはもったいないくらい、出来た女房で……」

「それは良かった。で、子はまだか?」

「ええ、欲しいとは思っていますけど」

「仲が良すぎるとなかなか出来ぬというぞ」

「よく言われます」

「こいつめ、のろけるか」

長英が笑った。顔の半分で。それを見るのは辛いものがあったが、長英が喜んでいるのはそれはそれで嬉しかった。

「……ところで、わしに会いに来ただけではないのだろう？」

長英が急に真顔になっていた。

「ええ、じつは忠治さんのこともあって。江戸送りになった日に合わせて、仙台を出てきました。忠治さんとは玉村宿で会えました」

「なにっ、忠治に会ったのか」

「いえ、会ったというか、駕籠に乗せられた忠治さんを、沿道で見送っただけです」

風介は忠治の様子や、警護の行列について述べた。

「まるで大名行列だな」

長英は風介があのとき感じたままを言った。

「それはもう立派な……」

囚人の護送に立派もないものだ。風介は思わず苦笑したが、

「忠治らしくていい。なんとも痛快だ」

長英は膝を叩いて喜んだ。ややあって、

「忠治はお前に気づいたのか？」

「ええ、そのようでした」

「驚いたろうな。お前の元気な姿を見て、さぞかし嬉しかっただろう。わしも会いたかったものだ……」

「今頃、どうしてるんでしょうね」

「小伝馬町だろうな。忠治もあの地獄へ放り込まれておるはずだ」

「……」

風介の脳裏に、牢獄での日々が蘇った。とたんに背筋が冷たくなる。振り返りたくない思い出を、頭を振って追い払った。

「まあ、忠治のことだ。儂はさほど心配しておらぬ。今頃はきっと……」

「……牢名主さまに納まっているかも」

「ふふふ、そういうことだ」

ふたりは顔を見合わせて笑った。忠治の行末《ゆくすえ》がどうなるか、当然、予見している。獄門台の露と消えることになる。それを思うと笑える気分ではないが、それが忠治であるがゆえに笑っていた。

笑って送りたかった。それが忠治に対するなによりの餞《はなむけ》だと、風介も思うようになっていた。

「むしろわしは、忠治がうらやましいと思うことがある」

「は？」

さすがに風介は、そこまでは思わなかった。長英が、なにを言いたいのかわからなかったが、なぜか、その言葉は、風介の胸に突き刺さった。

「わしは、疲れた。いつ死んでもいい」

長英が声を低めた。隣室にいるゆきを憚っていた。

「そ、そんな……」

「いいから黙って聞いてくれ。ほかの者には言えないが、お前には聞いて欲しいのだ。もっと近くへ来てくれ」

風介は腰をずらせて長英のはす向かいに寄った。

「熱が失せてしまった」

「和解のことですか？」

翻訳をそう称するのは、風介も知っていた。

「そうだ。実際、わしはよくやったと思う。誰も褒めてはくれぬがな。まあ、そんなことはいい。いずれ、わしの仕事が世の中の役に立つ日が来るだろう。それとは別だ。わしは生きているのが面倒になった」

「まだ、医者の仕事があるじゃないですか。大勢の人たちが、先生を必要としています」

風介が慰めたが、長英は聞いていなかった。

「医者の代わりなどいくらもいる。食っていくために、したくもない仕事をしているだけだ。なにより、脅えて暮らすのに疲れた。生きていることに疲れた。もう楽になりたい……」

「ゆきさまや、お子たちはどうなるんです」

「いまはそれだけが、と言いたいところだが、なにもかも、どうでも良くなった。わしは疲れた。疲れ果てた。いまのわしは、惰性で生きているだけだ」

長英が湯飲みの酒を呷《あお》った。目が据わっている。

「飲みすぎです。だから、弱気の虫が出るんです」

「飲んでも飲まなくても同じだ。むしろ、飲まずにはいられない」

「……」

「だから忠治がうらやましい。死ぬことで忠治は、花を咲かせようとしている。あいつらしい、いい死に様だ。わしは無駄に生き、そして無駄に死ぬ」

「無駄なんかじゃ、ありません」

言いながら、風介は自分が情けなくなった。もっと気の利いたことを言えないのか。長英を励ますひと言を、思い付けないのか。

いずれにせよ、風介には重すぎる告白だった。

あるいはこのとき、長英はいよいよ予感していたのかも知れない。もうじき人生が終わる。せめて最後に己の心中を、誰かに吐露しておきたいと。

どん、どん。どん、どん、どん。

ふいに、表戸を叩く音がした。

「沢先生、夜分遅くすみません。子供が急に熱を出してしまいまして。お願いです、看てやって下さい」

長英は町医者を開業するに当たって、沢三伯《さわさんぱく》を名乗っていた。

「ゆき、ゆき」

長英が隣室に呼びかけたが、返事はなかった。ゆきは居眠りでもしているらしい。

「やれやれ、こんなときに……」

ぶつくさ文句を言いながら、長英が重い腰を上げた。座敷を出て、廊下を歩いていった。

——あんなことをおっしゃっていたが、やっぱりお医者さまだな。

仕事があるうちは、長英さまも大丈夫だと風介は思った。医者として働くうちには、また元気を取り戻すだろうとも。

長英が玄関の戸を開いた。

「高野長英だな、神妙にお縄に付け!」

朗々と声が響いたのはそのときだった。一瞬で、風介の頭の中は真っ白になった。気がつくと、廊下に出て走っていた。玄関へ向かって。

そして見た。

玄関のたたきに、捕り方が二、三人、長英の上に折り重なっていた。土間に押し

付けられた長英が、

「風介っ」

叫び、助けを求めて腕を伸ばした。

「長英さまっ」

走り寄った風介は長英の腕を摑み、捕り方の間から引き擦り出そうとした。

「何やつっ！」

長英に圧し掛かったのとは別の捕り方が、風介に飛び掛かってきた。手にしていた十手の先で鳩尾を突かれた。

「うっ」

と呻いて風介は、その場に蹲った。背中を蹴られて這いつくばった。目の前に長英の顔があった。

「うぐっ」

長英も呻いていた。火傷の瑕が赤く見えた。血塗れになっていた。

ばしっ、ばしっ。

骨に響く厭な音が聞こえた。長英が捕り方たちに、十手で殴られていた。

――そんなに殴ったら、長英さまが死んでしまう。

「止めろ、止めてくれ。殴るなら、俺を殴れ」

風介は悲痛に訴えたが、通じなかった。背中を踏まれ、手を後ろに捻られた。痛みに火花が散り、身動きできなくなった。

捕り方たちは長英の後頭部から噴出した血を浴び、悪鬼のごとき形相になっていた。それでもなお、憎しみを叩きつけるように長英を打ち続けた。

風介の顔にも血が飛んできた。血だけではなくなった。脳漿《のうしょう》や骨片も混ざりだした。

長英は、呻くこともなくなった。死んだ魚と同じ目をしていた。殴られるたびに、体が振動していた。

風介の口から苦い汁が迸り出た。自分が白目を剝いたのがわかった。意識を保っていられたのは、そこまでだった。

三方は板壁、そして前面は太い格子……。

風介は檻に閉じ込められていた。ただし、あの牢獄ではなく、そこはまだ南町奉行所の中にある牢屋だった。

同房の者はなく、六畳の広さにひとりだ。

前回、お縄になったときは、自身番から小伝馬町へ直行だった。異例のことだったらしい。そういう意味では今回は、正式な手順を踏んでいるのだろうが。

牢屋で三日目の朝を迎えていた。その間、取調べをいっさい受けず、放置されていた。

どういうことなのかと思うが、考えても仕方がない。なるようにしかならない。

それに自分でも奇妙に思うほど、心が落ち着いていた。浅かった眠りも深くなった。

血塗れの三峰が「逃がさんぞ、逃がさんぞ」と髪の毛を振り乱して追ってくる、いつもの悪夢も見なくなった。

ここ数年、味わったことのない安寧《あんねい》に、風介は浸っていた。

要するに、観念したのだ。

忠治が捕らえられ、長英が捕り方に殴り殺された。いよいよ自分の番が巡ってきた。そんな風にしか感じられなかった。

おみよを想うと、さすがにつらいが、泣いても喚いても、なにも変わらない。こんどこそ処刑される。いまの風介は、この先、おみよと暮らせないと嘆くより、──短くても幸せだった。おみよのお蔭で、死ぬ前にいい思いができた……。

むしろ過ぎ去った日々に懐かしさを覚えていた。

長英は死ぬ前にこんなことを言っていた。

「わしは生きているのが面倒になった」

あのときはわからなかったが、その気持ちが、なんとなくわかるようになっている。

いまの風介は、なんの目的も希望もなく、ぼんやりとただ息を吸い、飯を喰っているだけだった。生きていながら死んでいた。

「風介、出ろ！」

ふいに声が耳に入った。風介はすでに牢の扉が開かれていたことにも気づかないでいた。

「へえ」

神妙に答えて、牢番に促されるままに外へ出た。牢役人と思われる武士が、

「一緒に来い」

と命じた。脇に牢番が警護に付いたが、早く歩けと小突かれることはなかった。

廊下の角をなんどか曲がり、とある一室の前に至った。取調べ室だろうと思った。

牢役人が障子の前で片膝を付いて、

「連れて参りました」

言うと、すぐに、

「入れ」

と返って来た。牢役人が障子を開いて、風介を目で促した。

中へ入ると壮年の武士が床の間を背負い、火鉢を抱えるようにして座っていた。

その一室が座敷だと初めて悟った。部屋へ入ったのも自分だけだ。風介は首を捻った。

「さっさと障子を閉めてくれ。寒くてかなわん」

その武士が言った。

「へえ」

障子を閉じて、風介は座敷の隅に正座した。

「そんなところにいたのでは、いちいち声を張らねばならぬ。もっとそばへ寄れ」

「へえ」

「もっとだ」

「へえ」

結局、風介は火鉢の向かいに座らされた。

「奉行の遠山金四郎《とおやまきんしろう》だ」

冗談かと思った。武士の身形をしていなければ、武士とも思わなかっただろう。どこか博徒めいた、やさぐれた雰囲気を放つこの人物が、御奉行様？

「本当だ」

「へえ」

自分は奉行だと大それた嘘を吐く者も、まあいないだろう。

「ついては、いくつか、お前に質《ただ》したいことがある」

「なんでも正直に言います」

なんでもは嘘だ。自分に関与した人たちのことは、隠し通すつもりだ。

「いい心がけだ。そんな顔もしておる。で、お前は、二件の殺しと強盗で牢獄入りしたことのある風介に相違ないな？」

ここへ来てから一度も名乗らされたこともないのに、名指しだった。

捕り方に襲われたとき、長英が「風介っ」と叫んだのを思い出した。それを手掛かりに、三日かけて風介の身元を手繰《たぐ》っていたのだろう。

「間違いございません。そのあとで切放しになりましたが、そのまま逃げてしまいました」

「その間、高野長英と一緒だったのか？」

「途中までは一緒でしたが、最近はひとりでした。あの夜は、たまたま長英さまを訪ねておりました」

「お前は死んだことになっていたのは知っていたのか？」

「清吉さんと間違えられたようですね」

「その理由については？」

「存知ません」

「では、三峰という同心のことは？」

「……」

「どうした？」

「言っても信じて貰えませんから」

「信じてもらえるかどうか、試してみろ」

では、と風介は三峰との経緯について聞かせた。罪を被せられたこと、頭が変だとしか思えなかったこと、そして最後は川へ落ちて死んだこと……。

ただし、忠治がかかわったことは省いた。いまさら罪が増えたところで、忠治は痛くも痒くもないだろうが、風介は少しでも忠治を庇いたかった。

遠山は口を挟まず、表情を変えずに聞いていたが、聞き終わると、

「うーむ」

呻って腕組みになった。しばらくしてから、

「三峰の風貌、いや、顔形が変わっていても、三峰に違いないという特徴を、お前はなにか知っておるか？」

謎めいた問いかけをした。

「はあ？」

風貌は別にして三峰とわかる特徴？　それを問う意図を、風介は図りかねた。

「……あっ、そうだ、背中に刺青《いれずみ》がありました。龍、それも炎を吐く火炎龍でした」

「刺青か……」

遠山が鸚鵡《おうむ》返しして、風介をじっと見つめた。心を見透かすような鋭い視線だ。

風介は、はっとした。

奉行所は、三峰の死骸を見つけたのだ。あの川の下流で、腐ってぶくぶくになっていたのだろう。だから、誰の死骸かわからずにいた……。

三峰は足を踏み外して川へ落ちたことにした。それはいちおう事実ではあるが、死骸には瑕がある。これはまずい。

「すみません。嘘を吐いてました。あっしが三峰さんの顔を斬って、川へ落としました」

「ほう、お前が？」

遠山が訝った。お前に武士が斬れるのか、そんな顔だ。

「ええ、夢中でしたから。火事場の馬鹿力です」

「それも嘘だな。忠治だろう、斬ったのは」

ずばりと言われた。

「えっ！」

そんなことまで奉行所は摑んでいたのか……。

「怖れいりました」

風介は、深々と頭を下げた。

「いやはや、困ったものだ」

「ほんとに済みません」

「……そうじゃねぇ、そんなんじゃねぇ」

遠山が、いきなり伝法な口調になった。なにが、そうじゃねぇのか？　風介は戸惑った。

「忠治が言ったんだよ。俺が三峰を斬ったってな。その場には、逃げた女のほかに誰も居合わせなかったそうだぜ。どうだ、驚いたか？　ついでにもっと魂消《たまげ》ることを教えてやろう。三峰はな、生きていたんだよ」

「ええっ」

面食らったもなにも、風介は正座したまま飛び上がった。口をぱくぱくさせながら。

「いいか、耳の穴、かっぽじって、よーく聞きな」

と遠山が語った経緯は次のような、驚くべきものだった。

忠治が取り調べの最中、町奉行の遠山さまに折り入って話したいことがある、と言い出した。忠治の取調べは勘定奉行が進めていたが、町方も協力した。それで会う機会があったのだ。

忠治は、牢獄に見知った顔がいると遠山に告げた。あいつは、俺が猿ヶ京の関所の近くで斬った男だと。

その男がまさに三峰であったが、忠治でさえ、危うく見逃しそうになったほど、風貌が変わっていた。鶴のように痩せこけ、頭髪は真っ白、老人にしか見えなかった。

しかも記憶を失っていた。

三峰は上州で物貰い同然にうろついていたところを、無宿人狩りに遭って捕らえられ、小伝馬町の牢獄に幽閉されていた。

顔の瑕を見て忠治は気づき、遠山に告げたのだ。

またそのとき忠治は、三峰の口から、風介と言う植木職人に、自分の殺しの罪を被せて、牢獄へぶちこんだという話を聞いたとも語った。その可哀想な植木職人は、牢獄で焼け死んだとも。

「あの忠治が嘘をつくはずがねぇ。俺はそう思って、忠治のいうところの三峰を取り調べた。だが、あいつは自分が誰かもわからなかった。結局、あいつが三峰だという確証は得られず、俺も諦めた。その矢先だ。風介って名を、聞くことになった。まさかお前が生きていたとは、閻魔《えんま》様でもってやつだ」

奉行所の認識でも、風介は死んだことになっていた。

「もっともお前は長英と一緒にいて捕まった。それだけでも、死んだはずの風介だってこたぁ、すぐに察しがついた。きょうここへ呼んだのは、あいつが、ほんとに奉行所の同心だった三峰かどうかという点だった。お前のいう通り、あいつの背中には龍の刺青がある。しかも火炎龍だ。こりゃあもう、間違いねぇ」

風介はあまりのことに、頭の整理がつかなかった。ただただ呆然とした。

「……お前は忠治を庇おうとするし、あの忠治は忠治で、お前の罪を晴らしてやろうってんだから、俺は参ったね。その手の話に、滅法弱ぇんだ」

実際、遠山は洟《はな》を啜り上げた。寒いせいとは思えなかった。それで、ついさっき、

「……そうじゃねぇ、そんなんじゃねぇ」

遠山が風介を遮った理由が呑み込めた。遠山は庇い合うふたりに感動していたのだ。

「とんでもない者を奉行所は飼っていた。人殺しを同心に使った。そのせいで罪もない者に、しないでいい苦労をさせてしまった。悔いても悔い切れぬ思いだ」

遠山は再び、口調をあらため、火鉢の前から離れていた。

「この通りだ。奉行所を代表してこの遠山金四郎、風介殿に謝罪致す」

畳に額を擦り付けた。

「そ、そんな……」

風介は慌てた。まさか奉行から謝罪を受けるとは、夢にも思わなかった。こういうとき、人はわけのわからないことをしてしまうものらしい。知らず知らずのうちに、風介は遠山の前に手を付いて平伏していた。

ややあって、ふたり同時に顔を上げた。

「ついては、ひとつ相談がある」

遠山が、おずおずと切り出した。

「へえ？」

「奉行所にも、いろいろと都合がある。このまま無罪放免とはいかない」

「……」

結局、それか。風介は落胆した。お上の人間にしては、珍しいほどいい人だと思った。素っ町人を相手に、身分も忘れて頭を下げるなど、聞いたこともない。

だが、所詮、奉行は奉行だった。

「で、御奉行さまが罪もないのに苦労したとおっしゃった私めは、いつ首を撥ねられるのでございますか？」

皮肉をたっぷり籠めた。それで遠山が怒ったとしても、別にどうということはない。どうせ殺されるのだ。

冤罪《えんざい》で牢獄に放りこんだのは過《あやま》ちだったが、切放しになったあと脱獄したのは別件だとかなんとか言って、死罪を問うつもりなのだろう。

「まさか、首など撥ねる気はない。ほんの少しだけ、我慢してもらいたいだけだ」

それを聞いて、ほっとしないでもなかったが、

「へえ、少しだけってのは、例えば、永牢とか。どっちみち、同じじゃないですか」

牢獄で長生きした者はいない。

「とんでもない。江戸払いにするだけだ。それも三年間の期限付きでな」

「江戸払い、えっ、たったそれだけ。三年経てば、江戸へ戻ってもいい……」

風介は阿呆のように繰り返した。なかなか実感は、湧いてこなかった。

「ただし、条件がある。三峰が同心であることを、お前は知らなかった、そういうことにして貰いたい。というのも、三峰をあくまで無宿者として処理するつもりだからだ。それがまずひとつ……」

同心が下手人だったとは、奉行所は認めたくないのだ。なるほどそれが、奉行所の都合というやつか。

正直、釈然としないものは残るが、それで江戸払いで済むなら悪い条件とも思えない。またおみよと暮らせる。風介は黙って頷いた。

「飲み込んでくれたか。それはありがたい。で、こんどはどうしてお前が、長英の家にいたかについてだ。こういうことにしたい……」

　風介は誰かと間違えられて、牢獄に放りこまれた。切放しになったあとは、己の無実を晴らしたい一心で、本物の下手人を探し求めていた。その間、なんの罪も重ねていない。江戸の町を歩き廻っていた。その間、長英と一緒に逃げてなどおらず、俄かに腹痛を起こしたので医者へ駆け込んだら、そこがたまたま長英の家だった……。

　風介にとって、これも受け入れがたい条件ではない。だが、

「捕り方の人たちが、不審に思われるのでは？」

　風介が長英を助けようとしたのを目撃されている。たまたま居合わせた患者の取る行動ではない。奉行が白と言えば、なんでも白になるのなら、問題はないが。

「そこがまさに、わしが不安を覚えるところだ。江戸払いはそれゆえでもある」

「……」

　風介は沈黙で遠山を促した。

「お前を江戸払いにしたあと、あれこれ起きるかも知れないからだ。あれは遠山の裁定違いだった。もっと重い罪に問うべきだった。そんな噂でも立てば、わしを潰したい人間は大勢おる。そこに喰いつかれる」

「要するに、三年、様子を見るということですか？」

「そうだ。三年、なにもなければ大丈夫だ。もしなにか問題が起きても、お前の居場所を奉行所は突き止められない。そのうち諦めて忘れてしまう」

江戸払いが、じつは遠山の好意なのだと風介は気づいた。

本当は風介を無罪放免にしたいのだろうが、それは出来ない。止むを得ぬ事情とはいえ、風介は長英と一緒に逃げた。

長英という罪人の所在を知りながら、届けなかっただけで罪を問えるのだ。

風介は関所破りもしているし、叩けばいろいろと埃が出てくる。それを知りつつ、遠山はすべてをひっくるめて、江戸払いで済ませようとしている。また江戸払いにすることで、風介が再度、身柄を押さえられたりしないよう、配慮していた。

「よくわかりました。喜んで、お裁きに従わせて戴きます。ありがとう、ございました」

畳に張り付くように平伏した風介に、

「礼なら、わしではなく、忠治に言え」

遠山が、意味ありげに笑い、

「……これにて一件落着」

朗々と声を張った。

――おいっ、風介、また来たのか。なにを考えてんだ、馬鹿野郎。廻りは役人だらけだぞ。

忠治は磔《はりつけ》台の上で目を剥いた。

上州大戸《おおど》宿の外れで、忠治は処刑されようとしていた。刑場が大戸にされたのは、かつて忠治が大戸の関所破りを犯したゆえである。お上は数々とある罪状の中で、関所破りをもっとも重く見て、それで忠治は大戸で磔と決まったのだ。

竹囲いの向うは、凄い人だかりだ。忠治の処刑を見物しようと、大戸宿の外れに千五百人が集まっていた。

高いところにいるので、遠くまでよく見える。処刑場の奥のほうでは、筵《むしろ》を敷いて宴会を開いているのもいる。見物料を取れば、さぞかし儲かることだろう。

それだけの観衆による騒ぎたるや、祭りもかくやと言うものだった。

そして風介は、そんな観衆の最前列の近くにいた。

なにを考えているのか、笠も被らず、顔を晒している。よせばいいのに、警護の役人の前に突っ立っている。

それだけではない。あろうことか風介は、踊るようにぴょんぴょん撥ねては、忠治の気を引いていた。その様は、大勢の観衆に紛れながらも目立っていた。

よっぽど怒鳴りつけてやろうかと思ったが、それをしたところで、騒ぎ立てる観衆の声に掻き消されてしまう。風介に聞こえるはずがない。

さきほどから忠治の足元で、偉そうな役人がなにか喋っているが、それすら聞こえないほどだ。処刑の手順が粛々《しゅくしゅく》と進められているのは、間違いないが。

――お尋ね者《もん》が、こんなところにいるんじゃねぇ、さっさと行け。行けったら行け！

忠治は風介を睨みつけて目で訴えた。だが風介は、忠治が視線を向けたと気づいて、さらに馬鹿なことを始めた。

なんと、頭の上に両手で大きな丸印を作ってみせたのである。いよいよ役人が見咎め、風介の肩を押して、なにごとか言いつけた。

風介はぴょこんと頭を下げて謝ったが、役人が他所《よそ》を向くと、同じことを繰り返した。

──長英先生が死んだと知って、いかれちまったか。まったく、なんてこった。忠治は小伝馬町の牢獄に二ヶ月ほどいた。そこで長英が捕縛の際、自決して死んだという噂を耳にした。

忠治も悲しかったが、あれだけ先生を尊敬していた風介のことだ、とうとう頭がいかれちまったのも無理はねぇ……。

今日は決して泣くまいと決めていたが、風介の姿に、さすがに涙を誘われた。あまりに不憫《ふびん》だ。

──いけねぇ、いけねぇ。

忠治は目を瞬かせた。顔で笑って心で泣きながら、せいぜい風介の無事を祈るしかない。

──うん？

風介が首を真横に振っていた。違います、そうじゃないんですとでも言いたげに。

さすがに、おかしいと思い始めた。すると風介が、大袈裟な仕草で役人を指差した。その指先を自分に向け、それから両手で丸印を作った。

——役人がいても……私は……大丈夫って意味か？

目で問うと、風介が大きく頷いた。

——そうか、お前はもう、役人に追われてねぇのか。

これには、風介がなんども首を縦に振った。

——もしかして、あれか？

心当たりがないでもない。三峰のことを遠山に告げた。それがなにかのきっかけになり、廻り回って風介はお咎めなしになったのかも知れない。

磔台を降りて風介に確かめたいが、むろん出来るわけがない。しかし、風介の様子は、どう見てもただごとではなかった。

——そうに違いねぇ。万にひとつのことが起きたんだ。あんだけ正直に生きてきた風介に、それくらいのことがあってもいい。世の中も、まんざら、捨てたもんじゃねぇな。こんど生まれてくるときには、俺もあいつみてぇに、真っ当に生きるとするか。

頬が緩んだ。にっこり微笑んでいた。その忠治に、風介も笑みを送り返してきた。

――達者で暮らせよ。俺の分もな。

ふたりの刑吏が、左右で槍を構えたのが、目の端に見えていた。いよいよ、この世とおさらばする時がきた。いろいろ各地を旅してきたが、黄泉路《よみじ》へ旅立つのは初めてだ。

風介が来てくれたことで、思い残しも綺麗さっぱり無くなった。忠治は息を整え、ゆっくりと目を閉じた。

刹那、ぐさりと来た。左脇腹を下から突かれた。槍の穂先が斜め上に向いて喰い込んだのが、ありありとわかった。穂先はすぐに槍が引き抜かれた。刺されるよりも痛かった。

しかし、忠治は呻きひとつ漏らさなかった。

「おおっ」

千五百人が、いっせいにどよめいた。それが鎮まると、水を打ったような静寂が訪れた。観衆は忠治が果てたと思ったようだった。

忠治はここぞと、目を瞠いた。

――俺はまだ、くたばっちゃいねぇ。

ゆっくりと首を回して、観衆に視線を送った。やんやの喝采《かっさい》が起きた。手が打ち鳴らされた。

そこへ二槍目が来た。こんどは右脇腹を刺された。目から火花が散るほど痛かったが、忠治はなんとか耐えた。

観衆の喝采がいや増した。歯を喰いしばって笑顔を作った。

間隔を開けて、三槍、四槍と刺突《しとつ》が続いた。それが六槍目になった頃から、観衆が声を揃えて数え始めた。

「なーな……はーち……」

忠治の途切れかける意識を、観衆の声と槍の痛みが繫いでいた。

「きゅう、じゅう……」

一緒に数えたが、十一は、口をその形に動かすことしかできなかった。

――もういけねぇ。これまでだ。

ぼんやり思ったそのときだった。

「いよっ、国定忠治、日本一！」

ひと際、甲高い声が、忠治の耳朶《じだ》を打った。風介だ、間違いない。

「そうだ、国定忠治は日本一の大親分だ」

「まだまだ行けるぞ、忠治、頑張れ！」

「お上の槍なんかに、負けるな！」

声援が続いた。

「おおおおおっ」

忠治は雄たけびを上げた。まだ、くたばってたまるか。最後の気力を振り絞った。

「十二……十三…十四」

観衆はそこまで数えたが、「十五」という声はついになかった。

忠治は十四槍をその身に浴びて事切れた。

享年、四十一歳。

ときに嘉永三年（一八五〇）十二月二十一日のことである。壮絶な死を遂げたその日から、忠治は伝説になった。


ちょうど同じ日、小伝馬町の牢獄で、ある事件が起きた。ひとりの囚人が、同房の囚人らの手で殺害されたのである。

その前日、ある情報がどこからともなく、牢獄に流れた。あの白髪の男は、じつは元同心だったらしいと。

己の名すら忘れた男は、椀に山盛りの人糞を喰わされたあげく、よってたかってキメ板で殴られた。最後は睾丸《こうがん》を踏み潰されて死んだ。

囚人同士の殺し合いは日常茶飯事である。牢獄側は男が殺害された事実に気づきながら、なに喰わぬ顔をして、小塚原《こづかっぱら》に死骸をうち捨てた。

その死骸は、腹を空かせた野良犬どもに喰い荒らされた。

町奉行所には、名無しの無宿人が牢獄で死んだという報告書しか届かなかったが、奉行の遠山は、その男がかつて起きたふたつの事件の下手人であったとする報告書を付け加えた。

それは風介が下手人とされていた事件だった。殺された男が三峰だったことは、もはや言うまでもない。

三峰を死に追いやった情報を流させたのも遠山だった。

忠治の死を見届けた風介は、その足で恋女房・おみよの待つ仙台へ戻った。

遠山との約束を護り、三峰のことは誰にも口外しなかった。風介が三峰が牢獄に果てたと知ることはついぞなかったが、二度と三峰の悪夢に悩まされることはなかった。

三年を経ても、江戸へは戻らなかった。

おみよとの間に一男一女を授かり、植木職人として成功したこともあって、そのまま地元に根付いたのである。

数年後には隠居した勘蔵を、妻の梅とともに引き取り、その際、勘蔵の名も引き継いだ。

一家六人の暮らしに、笑いが絶えることはなかった。

そして時は流れ、一九七七年二月十八日――。

この日、香西洋樹《こうさいひろき》と古川麒一郎《ふるかわきいちろう》というふたりの天文学者が、果てしない夜空の片隅に、小さな惑星を発見した。

ふたりはある人物の名を、その星の名とした。不運のうちに果てた天才の偉業を称えるために。

高野長英。

死後百二十七年を経て、長英は星になった。

――完――

光文社文庫

文庫書下ろし／長編時代小説
流《る》々《る》浪《ろう》々《ろう》　風《かぜ》と龍《りゅう》 II
著者　中《なか》谷《たに》航《こう》太《た》郎《ろう》

2014年5月20日　初版1刷発行

発行者　駒井　稔
印刷　豊国印刷
製本　関川製本

発行所　株式会社　光文社
〒112-8011　東京都文京区音羽1-16-6
電話 (03)5395-8149　編集部
8116　書籍販売部
8125　業務部

ISBN978-4-334-76745-7　Printed in Japan

組版　萩原印刷

お願い　光文社文庫をお読みになって、いかがでございましたか。「読後の感想」を編集部あてに、ぜひお送りください。

このほか光文社文庫では、どんな本をお読みになりましたか。これから、どういう本をご希望ですか。

どの本も、誤植がないようつとめていますが、もしお気づきの点がございましたら、お教えください。ご職業、ご年齢などもお書きそえいただければ幸いです。当社の規定により本来の目的以外に使用せず、大切に扱わせていただきます。

光文社文庫編集部

◇◇◇◇◇◇◇◇◇光文社文庫　好評既刊◇◇◇◇◇◇◇◇◇

始末屋　藤井邦夫
綱渡り　藤井邦夫
死に様　藤井邦夫
彼岸花の女　藤井邦夫
田沼の置文　藤井邦夫
隠れ切支丹　藤井邦夫
河内山異聞　藤井邦夫
政宗の密書　藤井邦夫
白い霧　藤原緋沙子
桜雨　藤原緋沙子
密命　藤原緋沙子
すみだ川　藤原緋沙子
辻風の剣　牧秀彦
悪滅の剣　牧秀彦
深雪の剣　牧秀彦
碧燕の剣　牧秀彦
哀斬の剣　牧秀彦

雷迅剣の旋風　牧秀彦
電光剣の疾風　牧秀彦
天空剣の蒼風　牧秀彦
波浪剣の潮風　牧秀彦
火焔剣の突風　牧秀彦
若木の青嵐　牧秀彦
宵闇の破嵐　牧秀彦
朱夏の涼嵐　牧秀彦
黒冬の炎嵐　牧秀彦
柳生一族　松本清張
逃亡 新装版(上・下)　松本清張
秋月の牙(新装版)　峰隆一郎
三国志激戦録　三好徹
仇花　諸田玲子
きりきり舞い　諸田玲子
だいこん　山本一力
鬼神舞い　吉田雄亮